T0268212

El Sur

Adelaida García Morales

El Sur

seguido de

Bene

EDITORIAL ANAGRAMA
BARCELONA

Diseño e ilustración: © lookatcia

Primera edición en «Narrativas hispánicas»: 1985
Primera edición fuera de colección: octubre 2024

Pau Claris, 172
08037 Barcelona

ISBN: 978-84-339-2856-6
Depósito Legal: B 11487-2024

Printed in Spain

Liberdúplex, S. L. U., ctra. BV 2249, km 7,4 - Polígono Torrentfondo
08791 Sant Llorenç d'Hortons

El Sur

¿Qué podemos amar que no sea una sombra?

HÖLDERLIN

Mañana, en cuanto amanezca, iré a visitar tu tumba, papá. Me han dicho que la hierba crece salvaje entre sus grietas y que jamás lucen flores frescas sobre ella. Nadie te visita. Mamá se marchó a su tierra y tú no tenías amigos. Decían que eras tan raro... Pero a mí nunca me extrañó. Pensaba entonces que tú eras un mago y que los magos eran siempre grandes solitarios. Quizás por eso elegiste aquella casa, a dos kilómetros de la ciudad, perdida en el campo, sin vecino alguno. Era muy grande para nosotros, aunque así podía venir tía Delia, tu hermana, a pasar temporadas. Tú no la querías mucho: yo, en cambio, la adoraba. También teníamos sitio para Agustina, la criada, y para Josefa, a quien tú odiabas. Aún puedo verla cuando llegó a casa, vestida de negro, con una falda muy larga, hasta los tobillos, y aquel velo negro que cubría sus cabellos rizados. No era vieja, pero se diría que pretendía parecerlo. Tú te negaste a que viviera en casa. Mamá dijo: «Es una santa.» Pero eso a ti no te conmovía, no creías en esas cosas. «Está sufriendo tanto...», dijo después. Su marido, alcoholizado, le pegaba para obligarla a prostituirse. Tampoco esa desgracia logró emocionarte. Pero ella se fue quedando un día y otro, y tú no te atreviste a echarla. Y años más tarde fue ella la que incitó a mamá para que rompiera todas las fotografías tuyas que había por la casa, a pesar de que acababas de morir. Pero yo no las necesito para evocar tu imagen con precisión. Y no sabes qué terrible puede ser ahora, en el silencio de esta noche, la representación nítida de un rostro que ya no existe. Me parece que aún te veo animado por la vida y que suena el timbre de tu voz, apagada para siempre. Recuerdo tu cabello rubio y tus ojos azules que ahora, al traer a mi memoria aquella sonrisa tuya tan especial, se me aparecen como los ojos de un niño. Había en ti algo limpio y luminoso y, al mismo tiempo, un gesto de tristeza que con los años se fue tornando en una profunda amargura y en una dureza implacable.

Yo entonces no sabía nada de tu pasado. Nunca hablabas de ti mismo ni de los tuyos. Para mí eras un enigma, un ser especial que había llegado de otra tierra, de una ciudad de leyenda que yo había visitado sólo una vez y que recordaba como el escenario de un sueño. Era un lugar fantástico, donde el sol parecía brillar con una luz diferente y de donde una oscura pasión te hizo salir para no regresar nunca más. No sabes qué bien comprendí ya entonces tu muerte elegida. Pues creo que heredé de ti no sólo tu rostro, teñido con los colores de mamá, sino también tu enorme capacidad para la desesperación y, sobre todo, para el aislamiento. Aun ahora, cuanto mayor es la soledad que me rodea mejor me siento. Y, sin embargo, me encontré tan abandonada aquella noche. Nunca olvidaré la impenetrable oscuridad que envolvía la casa cuando tú desapareciste. Yo tenía quince años, y miraba a través de los cristales de mi ventana. Nada se movía en el exterior y, desde aquella quietud desesperante, escuchaba el sonido de la lluvia y la voz de Josefa a mis espaldas, tras la puerta entornada de mi habitación: «No, Teresa, el llanto no conduce a nada en este caso. Nuestro Señor es siempre misericordioso. Recemos para que se apiade de su alma.» Mamá no dijo nada, pero sus sollozos se convirtieron en un llanto desesperado. Yo no me atreví a hacer ruido alguno. Sabía que ella prefería creer que estaba dormida. Pasaron varias veces ante mi puerta. Recorrían la casa de un extremo a otro, como si esperasen encontrar en alguna parte algo que negara lo que ya todas sabíamos.

Cerré los postigos de la ventana y encendí la luz. Quería saber cuántas horas llevábamos esperándote. Y entonces, sobre la mesilla de noche, encontré tu péndulo, guardado en su cajita negra de laca. Me pareció que surgía de un sueño, de aquel espacio mágico y sin tiempo en el que había transcurrido mi infancia contigo. Lo dejé oscilar ante mis ojos, sin buscar nada, como si ya hubiera perdido su sentido. Me estremecí al recordar que ya existía antes de que yo viniera a este mundo, pues con su ayuda tú habías adivinado que yo iba a ser una niña. Creo que por aquellos años yo adoraba todo cuanto venía de ti, y no sólo aquella fuerza mágica que poseías. Nunca olvidaré la emoción que me hacía saltar en la carretera, o correr a tu encuentro, cuando te divisaba a lo lejos, avanzando lentamente en tu bicicleta, como un puntito oscuro que sólo yo reconocía. Venías de dar tus clases de francés en el instituto. Por ese motivo vivíamos allí. Tú no querías volver a Sevilla, tu ciudad, ni tampoco a Santander, la tierra de mamá. Aunque ella lo único que quería era salir de aquel aislamiento y vivir entre los demás, como con tanta frecuencia decía. Recuerdo que cuando abría la cancela para esperarte me parecía respirar un aire más limpio. Sólo a esa hora me dejabais salir sola al exterior. A veces, mientras te aguardaba, recogía las algarrobas que habían caído de los árboles y me las comía. Me gustaban mucho y nunca las probé en ningún otro lugar. Te esperaba incluso cuando llovía; pero, si hacía buen tiempo, me subías a la barra de tu bicicleta y dábamos un corto paseo. Recuerdo aquellos encuentros como los momentos más felices del día. Aunque también me gustaban mucho las clases que mamá me daba durante la mañana. Ella conseguía despertar mi interés por todo cuanto me enseñaba. Y, sobre todo, era cuando más amable se mostraba conmigo. Quizás aquella fuera su vocación, pero, como habían invalidado su título de maestra en la guerra, no podía ejercer más que conmigo. En cambio, yo tenía la impresión de que, fuera de aquellas horas, todo la irritaba, a pesar de que dedicaba gran parte de su tiempo a las actividades que más le atraían. Cuidaba el jardín, montaba en bicicleta, cosía o bordaba y leía muchísimo. Alguna vez creo que intentó escribir algo que no llegó a terminar. Ella odiaba el trabajo de la casa. Tengo muy pocos recuerdos de mamá durante mi infancia. Es como si con frecuencia estuviera ausente, encerrada en una habitación o paseando lejos de la casa. Pero cuando llegó Josefa se dejaba ver un poco más. Recuerdo las tertulias que hacían las dos en la sobremesa, mientras cosían y tomaban café. Yo solía estar presente y tenía la impresión de que ellas no me veían. En aquella atmósfera que creaban flotaba una imagen tuya muy diferente de la que yo tenía por mi cuenta, pero que fue tomando cuerpo en mi interior y lastimándome. Era algo impreciso que se desprendía de sus palabras, de cuanto ellas conocían y yo no, de aquel padrenuestro cotidiano que siempre rezábamos al terminar el rosario, por la salvación de tu alma. Mamá siempre se quejaba, incluso la vi llorar por ello, de la vida que tú le imponías, enclaustrada en aquella casa tan alejada de todo. Al hablar de ti, Josefa concluía diciendo: «La falta de fe es todo lo que le ocurre. Así sólo podrá ser un desgraciado.» Y es que tú aparecías allí, entre ellas, como alguien que padecía un sufrimiento sobrehumano e incomprensible. Y en aquella imagen tuya que, en tu ausencia, ellas iban mostrándome, también yo llegué a percibir una extremada amargura. Sin embargo, nunca logré preguntarte nada sobre ello, pues con tu presencia, siempre tierna y luminosa para mí, me olvidaba de aquella sombra horrible que ellas señalaban en tu persona.

Por las tardes, cuando no estaba contigo, sin que tú lo supieras, me dedicaba a rondar la puerta cerrada de tu estudio. Aquél era un lugar prohibido para todos. Ni siquiera querías que entraran a limpiarlo. Mamá me explicaba que aquella habitación secreta no se podía abrir, pues en ella se iba acumulando la fuerza mágica que tú poseías. Si alguien entraba, podía destruirla. Cuántas veces me había sentado yo en el sofá del salón contiguo, y contemplaba en la penumbra aquella puerta prohibida incluso para mí. Apenas me movía, para que tú no me descubrieras. Cerraba los ojos y me concentraba en captar cualquier sonido que pudiera surgir del interior, donde tú practicabas con tu péndulo durante horas que a mí se me hacían interminables. El silencio era perfecto. Jamás llegué a escuchar ni el más leve rumor. A veces me acercaba con sigilo y, sin tocar la puerta, miraba por el ojo de la cerradura. Escuchaba entonces los latidos de mi corazón, pero ni siquiera te veía a ti. Una vez le pregunté a mamá si aquella fuerza podía verse. Ella me respondió que tenía que ser siempre invisible, pues era un misterio y, si se llegaba a ver, dejaría de serlo. Es curioso cómo aquello no visible, aquello que no existía realmente, me hizo vivir los momentos más intensos de mi infancia. Recuerdo las horas que pasábamos en el jardín dedicados a aquel juego que tú inventaste y en el que sólo tú y yo participábamos. Yo escondía cualquier objeto para que tú lo encontraras con el péndulo. No sabes cómo me esforzaba en hallar algo diminuto, lo más cercano a lo invisible que pudiera haber. Escondía una miga de pan bajo una piedra, al pie de un rosal, dejaba flotar en el agua turbia de la fuente un pétalo de flor, o deslizaba a tus espaldas, en cualquier lugar, una piedrecita cualquiera que sólo yo podía reconocer. Y no es que tratara de confundirte. Lo que ocurría era que me maravillaba comprobar que tú acertabas siempre lo que a mí me parecía imposible de adivinar. Cuántas veces caía la noche mientras yo contemplaba cómo te movías lentamente en la dirección que el péndulo te señalaba, acercándote al lugar que yo había elegido en secreto. Me sumergía entonces en aquella quietud y en aquel silencio perfectos que reinaban en el jardín, convirtiéndolo, a mis ojos, en el lugar de un sueño.

Quizás tú no realizaras aquellos sorprendentes milagros que Josefa atribuía a los santos cuyas vidas acostumbraba a leerme en voz alta. Pero sí podías hacer algo que, aunque no pareciera tan importante, a mí me llenaba de asombro, pues conseguías que sucediera ante mis ojos, mostrándome así una realidad muy diferente de aquella otra en la que se movían los demás. Y con frecuencia me preguntaba si yo, al ser hija tuya, no habría heredado también esa fuerza que sólo tú parecías poseer. Un día te lo pregunté a ti directamente: «No sé –me dijiste–; tendremos que probarlo.» «¿Cuándo?», dije yo emocionada. «Mañana», me respondiste con gravedad y decisión.

Cierro los ojos y aún puedo ver cómo me llevabas de la mano a través de este largo pasillo, el mismo por el que ahora circulan corrientes de aire entre sus paredes desconchadas y las lagartijas que se cuelan por las ventanas mal cerradas. Recuerdo que anochecía y, cuando llegamos a la otra zona de la casa, donde tú habitabas, me pediste que esperara un instante. Había tanta oscuridad que tuviste que adelantarte a encender una lámpara. Entramos en tu estudio. Los postigos entreabiertos dejaban filtrar las últimas luces del día. Una vez en el interior de aquella habitación que era sólo tuya, sentí que el aire no era sólo aire, sino que a él se unía algo más, algo que no podía verse, pero que yo sentía en mi piel, como una densidad fría que me rozaba y envolvía. No tuviste que darme muchas explicaciones. Yo ya sabía coger el péndulo perfectamente. Te había visto practicar con él tantas veces... Cuando lo tuve en mi mano, sujetando su cadena entre el índice y el pulgar, su quietud me desanimó. Temí que conmigo no se moviera nunca. «Ahora –me decías en un susurro– voy a esconder la manecilla de este reloj. Tú no busques nada. No te muevas hasta que el péndulo te señale una dirección. Sobre todo, no pienses nada. Tu mente ha de estar vacía y en absoluto reposo. Sólo entonces aparecerá esa fuerza a través de ti y moverá el péndulo.» Cuando apagaste la luz, sin dejar de hablar en aquel murmullo suave que iba ocupando mi mente, sentí que mi corazón latía con violencia, que mi respiración se agitaba y que empezaba a temblar. Después, cuando volviste a encender la lámpara y me dijiste que ya habías escondido la manecilla, entorné los ojos y clavé mi mirada en el péndulo, como te había visto hacer a ti. No se movía absolutamente nada. Pero yo estaba decidida a permanecer en aquella misma quietud, sin pestañear siquiera, hasta que la fuerza apareciera, tardara lo que tardase. Escuchaba tu voz, siempre como un susurro: «Cuando tu mente esté en calma, puedes representarte la manecilla de oro, como si ésta fuera el único objeto que existe en el mundo.» Pero yo ya estaba fija en las oscilaciones del péndulo y no podía representarme nada. Me había olvidado de todo, ya no escuchaba el sonido de mi respiración y los latidos de mi corazón se habían sosegado. Sólo existía aquel balanceo ante mis ojos y el sonido de tu voz a mis espaldas. Di algunos pasos en la dirección que el péndulo me señalaba, pronunciando más y más su movimiento. Me detuve a observarlo de nuevo. Seguía oscilando en la misma dirección. Caminé mientras te escuchaba: «Despacio. Despacio. Detente otra vez.» No sé cuánto tiempo había transcurrido hasta que, una de las veces que me detuve, de manera casi imperceptible, el péndulo cambió su movimiento. Al fin estaba girando. Yo no podía hablar. Una emoción intensa y extraña vibraba en todo mi cuerpo. Los giros se hacían casi violentos. Entonces miré hacia abajo y descubrí decepcionada que el péndulo me señalaba un lugar vacío. Era una losa cualquiera del suelo. «¡No hay nada!» grité. Tú te acercaste contrariado y, como si me reprendieras, dijiste: «Eso es un pensamiento tuyo. Busca donde el péndulo te señala.» Incapaz de contradecirte, me agaché como una autómata. Nunca podré describir lo que ocurrió dentro de mí, y también en el exterior, pues todo cuanto me rodeaba parecía haberse transformado mientras me levantaba con la manecilla de oro entre mis dedos. Estaba allí, en el suelo que parecía vacío, en la ranura entre dos baldosas.

Pocos días después cumplí siete años. No podía dar una fiesta, porque no tenía amigas que invitar. No comprendía por qué tú te negabas tan tercamente a enviarme a un colegio. Mamá había encontrado uno, pero tú ni siquiera fuiste a verlo. Yo no tenía nada contra las monjas. No conocía a ninguna. Pero sentía un deseo imperioso de ir a cualquier colegio, o más bien ¿sabes qué era lo que a mí me ilusionaba?: vestir aquel uniforme con el que veía a tantas niñas las pocas veces que me llevabais a la ciudad. No sabes qué hubiera dado yo por ponerme aquel vestido negro de cuello blanco y duro, con una banda rosa asalmonada en la cintura. Y, sobre todo, aquella capa, negra también, como el sombrero de copa redonda y ala estrecha. Me gustaba tanto imaginarme vestida de aquella manera, como todas ellas, como si fuera en realidad una más entre ellas. En mi fantasía solía darme otro nombre. Consideraba que Mari Carmen era el más adecuado para relacionarme con aquellas niñas. Pues el mío, Adriana, me parecía que me convertía en alguien diferente y especial. No sé por qué nunca me atreví a pedirte que me permitieras asistir a un colegio. Quizás fuera por la cólera con que le hablabas a mamá, cuando ella se quejaba, asegurando que yo era ya una niña casi salvaje. Cada vez que os escuchaba discutiendo sobre este tema y ella gritaba asustada, sentía una congoja insoportable. Pues mamá hablaba como si, en realidad, ya anidara en mi interior el germen de ese espanto que a ella parecía perturbarla. A veces, sólo al recordar sus palabras, lloraba amargamente y evitaba encontrarme con ella. En más de una ocasión la odié abiertamente. Aunque, al mismo tiempo, la admiraba y sentía una gran dicha cuando a ella, al regresar de alguna compra o paseo en la ciudad, se le ocurría darme un beso. Recuerdo con especial nitidez aquellos besos suyos, unidos al perfume que la envolvía, al tintineo de sus pulseras, a la suavidad de sus pieles y a su pelo, negro y rizado, que yo intentaba acariciar sin llegar nunca a conseguirlo.

El día que cumplí siete años lo celebramos sólo entre nosotros. Hubo una merienda especial y antes, a primera hora de la tarde, fui al cine, pero no con mamá y contigo, como yo había esperado, sino con Josefa y Agustina. Era la segunda película que iba a ver en mi vida. Josefa había elegido aquélla porque era la historia de una santa: Juana de Arco. Cómo me impresionó aquella mujer. Enseguida deseé ser ella. Durante días y días no hablé de otra cosa. Jugaba yo sola, protagonizando en mi imaginación las mismas experiencias que había vivido la santa.

Quizás por eso, aquella tarde que mamá me encerró y me miró como a un monstruo, yo no había podido soportar que Mari-Nieves se apropiara del que yo consideraba, con todo derecho, mi papel. No sé si tú la conociste aquel día, pues cuando llegó con su madre ni siquiera saliste a saludarlas. En realidad, mamá no las conocía mucho, pero estaba tan preocupada por mi aislamiento que se propuso encontrarme alguna amiga.

Al principio me alegró que viniera y, en cuanto nos quedamos solas en el jardín, le propuse jugar a Juana de Arco. Ella también había visto la película. «Yo era Juana de Arco», dijo en tono autoritario. Naturalmente yo protesté enseguida, pues desde hacía algunos días ya estaba siendo yo la santa. Además, le dije que yo había inventado el juego. Pero tuve que ceder. Ella se negaba a jugar si no era la protagonista.

Una vez que hube encontrado cuanto necesitaba, la amarré bien sujeta al tronco de un árbol, rodeé sus pies con hierbas y ramas secas y, después de colocar entre ellas una buena cantidad de papeles, me dispuse a encender una cerilla. Mari-Nieves vigilaba con desconfianza mis movimientos. Empezó a representar su papel declamando algo que yo no escuchaba. Estaba tan furiosa que no admitía diálogo alguno. Finalmente prendí fuego a la leña. Apenas empezaban a despuntar las llamas cuando ya ella lloraba con desesperación. «¿No querías ser Juana de Arco? –le grité–. ¡Pues ahora vas a ser la santa, pero de verdad!» Todas las mujeres de la casa aparecieron de repente. Voces violentas me insultaban a la vez, confundiéndose unas con otras, mientras de aquel enredo de palabras salían tonos tiernos y consoladores para Mari-Nieves. Cuando al fin se calmó el griterío, mamá hablaba con su amiga de mí en tercera persona, como si yo no mereciera ya que se me reprendiera directamente. «¡Qué habré hecho yo para merecer semejante hija!», decía al aire, con voz lastimera, mientras me arrastraba al interior de la casa. Me arrojó, sin mirarme siquiera, a un cuarto sin ventanas, medio vacío, y cuya finalidad parecía no ser otra que la de castigarme a mí. Cuando se marchó, cerrando la puerta con llave y dejándome sola en aquella tiniebla, me tumbé en el suelo con las piernas contra la puerta. Así permanecí, dando patadas y gritos, llamando a alguien que no podía ser sino tú. Al fin apareciste e intentaste enjugar mis lágrimas con tu pañuelo. Pero no tenía: mis aullidos eran sólo de rabia. «Ahora me vas a contar por qué has hecho eso. ¿No te dabas cuenta del daño que podías hacerle a esa niña?» Me hablabas muy serio, pero el tono amoroso de tu voz me permitió abrazarme a ti y descansar. Sólo tu presencia me ayudaba a reconciliarme con aquel monstruo que ya veía yo aparecer en mi interior ante la mirada de mamá. Ella era como un espejo donde únicamente podía reflejarse aquella imagen espantosa en la que yo empezaba a creer y de la que tú tenías el poder de rescatarme.

Durante varios días nadie me habló, incluso tú parecías distraído y olvidado de mí. Josefa ni siquiera me saludaba y estoy segura de que mamá fingía ignorarme. Yo las esquivaba y buscaba diferentes refugios donde guarecerme, pero terminaba siempre en la cocina, con Agustina, que se mantenía ajena a aquel complot en el que llegué a temer que tú también participaras. Y no sabes qué alegría sentí cuando comprendí que me había equivocado. Una tarde llegaste al jardín buscándome. «¿Qué haces?» «Nada –te respondí–, miro el agua de la fuente. No tengo ganas de hacer nada.» «Pues anímate –me dijiste–, porque vas a tener que trabajar mucho durante los próximos días.» Entonces me anunciaste con entusiasmo que me ibas a llevar a la finca de unos conocidos. Te habían pedido que les adivinaras si en aquella tierra había agua y dónde se encontraba. Ya te había acompañado varias veces a aquel rito en el que tú pretendías hacerme participar. Pero sabía que mi ayuda era sólo un juego y te miraba, llena de admiración, desde una distancia infranqueable. Esta vez me pedías que te ayudara de verdad en aquella ceremonia. Yo utilizaría el péndulo para encontrar el lugar donde se hallaba el agua. De pronto comprendí que existía un mundo especial sólo para nosotros dos. Nunca me sentí tan cerca de nadie como entonces. Y no sólo me sentía hermanada contigo en aquella actividad que se me aparecía, paradójicamente, familiar y mágica a un tiempo, sino también en aquello otro que teníamos en común: el mal. Porque tú, para los ojos de aquellas otras personas de la casa y sus visitantes, eras un ser extraño, diferente, al que se le sabía condenado, y por eso había que rezar para tratar de salvar al menos su alma. Y yo, de alguna manera, también pertenecía a esa clase de seres. En la voz de mamá me oí llamar «monstruo» y percibí el temor con que ella contemplaba lo que, según decía, yo iba a llegar a ser. Me sabía mala en la mirada inquisitiva de Josefa y en el rostro de Agustina cuando, después de un castigo, me traía la merienda o un vaso de leche antes de dormir. Se quedaba entonces conmigo, en silencio, sin atreverse a dejarme ni a quedarse del todo junto a mí, a quien nadie, ni siquiera tú, iba a dar las buenas noches. Quizás tú, tan absorbido siempre en otra cosa que yo desconocía, en aquel dolor por el que no me atrevía a preguntarte, no llegaste a ver cómo yo me sujetaba a ti en la vida y te reconocía como el único ser que me amaba incondicionalmente. Y es posible que por eso yo fuera capaz de aquella paciencia que tanto te admiraba. Me ejercitaba con el péndulo, soportando horas de práctica, lentas y pesadas. Resistía el desánimo y el cansancio porque tú estabas a mi lado, depositando en mí una confianza que, finalmente, también yo llegué a tener.

Recuerdo que la noche antes de nuestra salida al campo te pregunté: «¿Y si no encuentro nada?» «Entonces es que no hay agua en esa tierra», me respondiste tú, infundiéndome una seguridad que me hizo sentirme superior a cualquier persona de este mundo.

Cuando viniste a llamarme, aún de madrugada, yo te esperaba despierta. Apenas había dormido durante la noche. Salimos con la primera luz del amanecer. La brisa helada de la mañana me cortaba la cara. Había olvidado mi bufanda y tú anudaste la tuya alrededor de mi cabeza, dejándome sólo los ojos al descubierto. Dos hombres nos esperaban tras la cancela. Nos hicieron subir a un coche negro y nos condujeron hasta una tierra casi desierta. No parecían extrañados al verme y me preguntaba si sabrían que era yo quien iba a buscarles el agua. Enseguida supe que tú no les habías informado y, además, que les contrariaba enormemente, por las protestas que dejaron escapar sin ninguna consideración hacia mí. Yo te observaba cómo, sin hacerles caso, te quitabas los guantes y sacabas el péndulo de un bolsillo de tu abrigo, como si fuera un objeto cualquiera. Tu actitud me tranquilizó. Sólo cuando llegó el momento de mi intervención se te ocurrió decir mi nombre. «Se llama Adriana y es la zahorí más joven de España.» Estabas de muy buen humor y ellos sonrieron ante tus palabras. Pero enseguida mostraron un silencio que a mí me pareció desconfianza. Yo cogí el péndulo intentando exhibir una soltura que sí tenía, pero que, ante la mirada de aquellos hombres, me pareció haber perdido por completo. Cuando intenté concentrarme advertí que estaba temblando. Cerré los ojos para olvidarme de ellos y entonces vino tu voz en mi ayuda. Era como una suave melodía que invadía mi mente, vaciándola de pensamientos y de miedos. Y cuando aquel timbre cálido, en el que me venían tus palabras, se fue apagando hasta que quedó un silencio perfecto, me pareció que todo mi cuerpo se había transformado en aire, había perdido su peso, y mi mente había adquirido una serenidad perfecta. Abrí los ojos y todo me pareció extraordinariamente quieto y cercano. Recuerdo la hierba amarillenta entre duros terrones por debajo del péndulo. Sentía el tacto de todas las cosas sólo con mirarlas. El péndulo había comenzado ya su oscilación y la quietud que reinaba entre nosotros era absoluta. Me sumergí entonces en aquel rito que ya conocía, siguiendo las direcciones que el péndulo me señalaba, deteniéndome de vez en cuando, según tus indicaciones, hasta que empecé a notar los giros esperados, muy suaves al principio y más abiertos y violentos al final. Entonces levanté la cabeza. Aquellos hombres me contemplaban con curiosidad y asombro. Yo les había perdido el miedo. Recuerdo que les miré fijamente y, como si les hubiera vencido en alguna contienda, les anuncié que allí mismo, bajo mis pies, se hallaba el agua que deseaban. Ellos no dijeron nada, quizás porque no tuvieron tiempo de reaccionar. Pues tú, sin dudar ni un instante de mi hallazgo, comenzaste a medir la profundidad que debería tener el pozo para encontrar el agua.

Recuerdo que me sentía embriagada y que me pareció bellísimo aquel terreno yermo y plano, sin apenas color, sin plantas ni árboles. Estaba ya segura de mi éxito, a pesar de que tú tardaste varias semanas en confirmármelo. Y, sin embargo, aquél era un éxito que finalmente quedaba como un secreto entre tú y yo. Ni siquiera se lo dije a mamá, no sé por qué. Creo que me parecía que ella no admiraba lo suficiente aquella fuerza que ahora poseíamos los dos; incluso, a veces, me pareció que le era indiferente. Además, por aquellos días, sólo me hablaba de la primera comunión. A mí no me atraía tanto como lo que tú me habías enseñado y temía que ella notara mi preferencia. Aunque no podía ocultar mi enorme deseo por ponerme aquel vestido maravilloso, de reina, como tú dijiste al verlo, que me estaban haciendo en la ciudad y que ya me había probado varias veces. Creo que todo lo demás no llegó a entusiasmarme a causa de la preparación tan árida a la que Josefa, quien trataba de convertirse en mi directora espiritual, me sometió durante días y días. No soportaba el aprendizaje memorístico de un catecismo incomprensible. Y, sobre todo, me indignaba esa tortura a la que ella daba el nombre de examen de conciencia y que, fundamentalmente, consistía en desconfiar hasta de mis actos más insignificantes. Insistía en recordarme los pecados que yo tendría que confesar antes de comulgar por primera vez. «¿Tú deseabas matar a Mari-Nieves? ¿Sabías que se podía quemar viva?» Ante aquella posibilidad que ella me recordaba cada día, yo misma me llenaba de espanto, imaginando a la pobre niña muriendo entre las llamas, cosa que, desde luego, jamás deseé. Sus preguntas me herían y me hacían sentirme injustamente acusada. Pero no podía defenderme. Mis actos habían sido ya demasiado elocuentes. Enmudecía y escapaba de ella cuando no podía resistir más.

Josefa era muy severa conmigo, aunque ahora pienso que era siempre así, incluso consigo misma. Tú apenas la trataste. No recuerdo que cruzaras con ella más de dos palabras. Claro que en tu presencia pocas veces se hablaba. Imponías un silencio tan tenso... Algunas veces te vi contento con mamá, cuando dabais un paseo por la carretera o jugabais al ajedrez, aquellas partidas interminables y silenciosas que a mí tanto me molestaban. Yo hubiera jurado que en aquellos momentos, al menos, erais casi felices, si no fuera por las protestas que después escuchaba a mamá en sus confidencias con Josefa. Se quejaba de tu silencio; ero lo único que parecía quedarle de los buenos ratos que pasabais juntos. Su amiga no dudaba en darle la razón. Yo la aborrecía y ella, desde que se hizo responsable de mi preparación espiritual, me juzgaba con una dureza implacable. Yo le respondía gritándole irritada aquellas palabras que me parecieran más escandalosas para ella y para mamá. Pues sabía que enseguida la informaba de mi conducta, indisponiéndola siempre contra mí. Una vez me dijo: «Tu madre se va a morir si continúas haciéndola sufrir de esta manera.» Ante mi silencio, añadió: «¿Es que no la quieres?». «¡No! ¡No la quiero! –recuerdo que respondí apretando los dientes–. ¡No la quiero, porque ella tampoco me quiere a mí! ¡Y a ti tampoco te quiero, bruja!» Y esta palabra «bruja» dirigida a aquella mujer solemne y venerada como una santa, me producía al pronunciarla un efecto indescriptible. Aquella vez corrí enseguida a refugiarme a un lugar en donde, aunque ella lo conocía, me sentía segura. Era un lugar absolutamente mío, y tú me habías ayudado a construirlo con palos y ramas secas. Era la choza que resistió sola y fantasmal, detrás de la casa, abandonada por mí, su única habitante, hasta después de tu muerte.

Por aquellos días mamá se mostraba conmigo más distante y seca que de costumbre. Parecía gravemente ofendida. Y esa actitud suya que, en realidad, me resultaba muy familiar, provocaba en mí un sentimiento de congoja, como un sollozo que no podía salir. Finalmente, me sentaba en algún rincón y me entregaba de lleno a un llanto liberador, dulce y amargo. Cuando ella me descubría, me preguntaba contrariada: «¿Por qué lloras?» Y yo tenía siempre la misma respuesta: «¡Porque me gusta!» Pero si era Josefa la que se me acercaba, me lanzaba, sin detenerse siquiera, una de sus frases predilectas: «Tú sigue así, que ya verás...» Ante aquella vaguedad, que encubría una acusación incontestable, yo enmudecía de cólera.

Al fin llegó el día en que iban a terminar las impertinencias de Josefa, siempre buceando entre mis actos y pensamientos para buscar pecados. Aquella mañana yo estaba nerviosa por todo. Por el vestido fantástico que me iba a poner, porque tenía que confesar por vez primera y aún no sabía qué iba a decir, porque, de pronto, pensé que quizás aquella ceremonia que me esperaba pudiera despertar en mí una fuerza semejante a la que tú ya me habías mostrado. Mientras me rizaban el pelo con unas tenazas me quemaron la frente en un descuido. Mamá estaba aún más nerviosa que yo y Josefa parecía dirigirlo todo. Agustina ya había puesto la mesa para el desayuno en el comedor que nunca se usaba, junto a tu estudio. Todo había adquirido un aire de fiesta.

Un taxi nos esperaba tras la cancela. «Papá no viene, ¿verdad?», pregunté a mamá resignada. Sabía que a ti no te gustaban las iglesias. «¡Claro que viene! –me respondió animada–. Pero aquí no cabe. Vendrá después en su bicicleta.» Aquello me pareció una excusa. No podía imaginarte, aquel día, a ti solo por la carretera, como si fuera una mañana cualquiera. Durante la misa miré varias veces hacia atrás y no te vi. Sólo al final, cuando ya nos disponíamos a salir, te descubrí detrás, en el último banco, alejado de todos. Estabas de pie con aire de cansancio, mirabas hacia el suelo y vestías de cualquier manera. No te habías preparado como para una fiesta. Pero a mí eso no me importó, pues, viéndote en aquella penumbra que te envolvía, me pareció que soportabas una especie de maldición. Por primera vez temí que pudieras condenarte de verdad. Entonces, cansada ya de tantos padrenuestros inútiles como había rezado por ti, se me ocurrió hacer un trato con Dios. Le ofrecí mi vida a cambio de tu salvación. Yo moriría antes de cumplir los diez años: si no era así, significaría que nadie me había escuchado en aquellos momentos. Cuando, al terminar, me acerqué a ti, no pude contener las lágrimas que me resbalaban hasta el vestido. Sentía una auténtica dicha. Tú me abrazaste y allí mismo me dijiste sonriendo: «Pareces una reina.» Quise decirte: «He dado mi vida por ti. Ya estás salvado.» Pero te abracé en silencio y, juntos, salimos a la calle.

Durante el desayuno mamá estaba muy contenta. Había venido Mari-Nieves con sus padres, y otros amigos, muy pocos. Tú, aunque silencioso, estabas entre ellos. Pero fuiste el primero en desaparecer. Me sentía reconciliada con Mari-Nieves y fuimos a dar un paseo. Recuerdo que le estaba enseñando la choza y le contaba cómo la construimos tú y yo, cuando ella, sin prestar atención a mis explicaciones, me preguntó: «¿Por qué tu padre se ha quedado al final y no ha comulgado contigo?» «Porque se marea en las iglesias», respondí irritada por el tono de triunfo con que pronunciaba aquellas palabras que a mí me parecieron una acusación contra ti. «¡Mentira!», me contestó llena de seguridad y, sin duda alguna, sintiéndose respaldada por la opinión de las personas mayores. Ante ella me encontré sola, a tu lado, pero casi frente al mundo entero, al que yo imaginaba idéntico a mamá, a Josefa y a las visitas que de vez en cuando llegaban hasta casa, sin que tú salieras nunca a saludarlas. «¡Nunca va a la iglesia. Es ateo y malo. Se va a condenar!» Y me pareció que aún quería añadir algo más, pero no me detuve a escucharla, ni la dejé escapar corriendo, como ella pretendía. La zarandeé, agarrándola violentamente por los pelos. Ella intentaba defenderse. Yo no sentía sus golpes. No sé quién tenía más fuerza, pero, sin duda alguna, yo era la más furiosa. De pronto una idea fugaz, en forma de imagen, apareció en mi mente: la chumbera. Estaba detrás de mí, sólo a unos pasos de distancia. Astutamente dirigí mis movimientos hacia ella, acercando a Mari-Nieves. No la vi caer pero sé que la empujé sobre las hojas espinosas de la planta. Sus gritos fueron aún más escandalosos que cuando representaba a Juana de Arco. Yo llevaba puesto mi vestido blanco de reina. Esta vez me sabía llena de razón. Aún recuerdo cómo salí al encuentro de las mujeres que venían hacia mí, contra mí, para socorrer a Mari-Nieves. «¡Que esta imbécil no vuelva por aquí!», les dije plantada en medio del camino, impidiéndoles deliberadamente el paso, deseando paralizarlas también a ellas sólo con mi voz y mi voluntad. Se quedaron desconcertadas. Mari-Nieves había escapado sola de la chumbera y venía hacia nosotras andando lentamente, con las piernas muy abiertas y los brazos extendidos hacia los lados. Aquella imagen me dio lástima. Parecía que de verdad lloraba de dolor y de miedo y no por orgullo, como pensé al principio. «Ha dicho que mi padre es malo y que se va a condenar.» Antes de terminar esta frase ya me estaba molestando tener que dar explicaciones a aquellas mujeres, entre las que se encontraba mamá, que ya no me escuchaban, pues ponían toda su atención en la niña, a la que otra vez le había tocado ser mi víctima. Nadie me dijo nada, aunque tampoco me aplaudieron. Sentí aquella indiferencia como un supremo desprecio a mi dolor. Me quedé sola en el jardín, viéndolas alejarse, dándose consejos apresurados unas a otras para quitarle los pinchos a la niña. Pretendían embadurnarla de aceite para que salieran mejor. Sentí entonces que para toda la gente de este mundo Mari-Nieves siempre tendría la razón.

Después de aquel día, mamá ya hablaba abiertamente de que yo constituía una desgracia inevitable para ella. Recuerdo que empezó entonces un tiempo largo y monótono que parecía haberse detenido en actitudes eternas. Todos, incluso yo, que era una niña, nos repetíamos día tras día. Cada uno tenía sus propios ademanes y palabras. Y, sin embargo, apenas dos años más tarde recordé aquel tiempo, en el que parecía no pasar nada, con verdadera nostalgia. Y es que una desgracia mayor vino a desbaratar aquel conjunto de actitudes cristalizadas.

Ya tenía yo nueve años cuando tía Delia anunció desde Sevilla que abuela, tu madre, se estaba muriendo. Enseguida os fuisteis mamá y tú, para no volver nunca más los mismos. Cuando regresasteis veníais pálidos y vestidos de negro, enlutados en cuerpo y alma. Tú te alejaste aún más de los demás. Dormías siempre en tu estudio y, a veces, incluso comías allí, a deshora. Mamá se encerró en su habitación y no a dormir, pues fue entonces cuando comenzaron sus largos insomnios, sino a llorar y a maldecirte. No se quejaba ya de mí, sino de otra cosa que yo no lograba descifrar. Supe que en tu vida había existido otra mujer. Pero eso no me parecía a mí que tuviera tanta importancia como para provocar el cataclismo que se había declarado en casa. Poco a poco descubrí que la causa era otra, algo que nunca nombrabais y a lo que, sin embargo, os referíais en vuestras discusiones. Y ese algo se había convertido en un tema inagotable y secreto a un tiempo. Aunque, gracias a vuestros descuidos y hostilidades, pude entrever, a través de frases cortadas bruscamente ante mi presencia, silencios tensos, palabras con segundas intenciones que yo captaba enseguida, que aquello que os separó de manera definitiva guardaba una estrecha relación con esa mujer de tu pasado. La primera vez que escuché su nombre, Gloria Valle, fue cuando mamá rompió en tu presencia una carta suya, sin permitirte leerla. Tú recogiste los trocitos de papel del suelo como supongo que lo haría un mendigo con unas monedas lanzadas con desprecio. Cuando mamá se marchó llorando, tú te quedaste allí, en el recibidor. Estabas de rodillas, sentado sobre tus talones. Tratabas de reconstruir la carta, sin advertir que yo te miraba desde la puerta. Sentí miedo de que te marcharas sin mí algún día.

Te vi envejecido y, al mismo tiempo, desvalido como un niño. Me acerqué y te dije: «¿Quieres que te ayude?», sin saber muy bien qué podría hacer yo. Aún pudiste sonreír y estrecharme con ternura. Entonces decidí esperar al cartero cada día. Me encargaba de recoger las cartas y colocarlas sobre la mesita del recibidor, como era la costumbre. Al fin llegó una con el nombre de Gloria Valle en el remite. La escondí, muy doblada, en el bolsillo de mi vestido y, al verte entrar por la cancela, me adelanté para dejarla sobre la mesa de tu estudio. Varias veces repetí aquella misma operación. Me sabía tu cómplice y eso me acercaba de nuevo a ti. No sabes con qué ansiedad hurgaba yo entre tus cosas, registrándolo todo, libros, cuadernos, carpetas. Deseaba tanto leerlas yo también... Incluso llegué a utilizar el péndulo. Pasé horas vagando de un lado a otro de tu habitación sin llegar a encontrar nada. Ahora podía entrar allí cada vez que quería, pues nadie vigilaba ya por la casa. Mamá me ignoraba tanto como tú, Agustina era demasiado apática para llamarme la atención y Josefa se dedicaba a reescribir, en perfecta caligrafía, los sermones de un sacerdote al que ella veneraba.

Después, poco a poco, me fui olvidando de aquellas cartas pues dejaron de llegar. Mamá reanudó sus clases conmigo. Según decía, era yo la única obligación que ella tenía en la vida y empezó a mirarme con una profunda lástima, como si muy poco se pudiera ya hacer por mí. Decidió olvidarte y delegó el cuidado de tu ropa y comida en Agustina, quien se quejaba de tener tanto trabajo para ella sola.

Te recuerdo en aquel tiempo más solo que nunca, abandonado, como si sobraras en la casa. Tu ropa envejecía contigo, os arrugabais juntos. En tu rostro, sombreado con frecuencia por una barba sin afeitar, fue apareciendo una sonrisa nueva, dura y cínica. Un día te vi llegar muy tarde, casi de noche. No habías venido a comer. Sin duda creerías que nadie te esperaba. Te vi entrar por la cancela. Venías tambaleándote. No andabas, sino que te dejabas caer alternativamente sobre una pierna y otra. Por primera vez sentí que me habías abandonado.

Un día se fue Josefa y así desaparecieron los pocos cuidados que ella prestaba a la casa. Yo me encargué de regar el jardín y de cortar la mala hierba. De esa manera entretenía mi absoluta soledad. Una fuerza mayor hacía que todas las cosas se fueran deteriorando paralelamente a las personas. De aquel tiempo ha quedado en mi memoria, además de vuestro olvido, un polvo espeso, los cubos, palanganas y cacerolas que Agustina dejaba para siempre debajo de las goteras, una luz triste, amarillenta, sobre las manchas de los techos y los desconchados de las paredes, las plantas del jardín que yo no había conseguido salvar, y que se quedaban en su sitio pero ya muertas, el sonido de las zapatillas de Agustina arrastrándose con pereza por toda la casa y un frío que se colaba hasta el alma. Tú nunca más volviste a coger el péndulo y yo ni siquiera me atreví a recordártelo. Me asustaba oírte gritar como lo hacías por cualquier motivo. Te habías vuelto irascible y tus ademanes coléricos me impedían acercarme a ti. Recuerdo que un día mamá vino a acentuar aquel horror haciéndome su primera confidencia: «¡Dios mío!, ¡qué espanto! –dijo–. Papá me ha dicho que, si no fuera por ti, se pegaría un tiro.» Entonces empecé a notar aquel tedio que arrastrabas de manera cotidiana a tu trabajo. ¿Lo hacías sólo por mí? El sacrificio me pareció excesivo. Tú mismo hablaste alguna vez, con amargura y resignación, de aquella clase de francés que repetías diariamente cuatro veces. Una vez me dijiste mientras comíamos: «Cuando seas mayor, no te cases ni tengas hijos, si es que quieres hacer algo de interés en la vida.» Y, después, como si fuera un comentario banal, añadiste: «Aunque sólo sea para tener la libertad de morir cuando quieras.» Lo dijiste en voz más baja, como si no te dirigieras a nadie. Nunca olvidé aquellas palabras desesperadas. Claro que no pensaba nada sobre ellas, eran como golpes brutales para los que yo no tenía respuesta alguna.

En vacaciones te dedicabas a no hacer nada de una manera espectacular. Pasabas las horas sentado en un sillón, emanando una amargura incontenible, exhibiendo tu sufrimiento. Mamá trataba de defenderse. Empezó a leer de nuevo y mantenía largas conversaciones telefónicas con Josefa, quien la llamaba cada noche desde la ciudad. Alguna vez salió a reunirse con la madre de Mari-Nieves y, con frecuencia, paseaba sola lejos de la casa. Yo ni siquiera intentaba comprenderos. Todo aquello era para mí como una catástrofe de la naturaleza, como una tempestad ante la que sólo me cabía escapar.

Al fin pude asistir a un colegio. Tú no llegaste a conocer aquel lugar donde yo pasaba tantas horas de mis días y de una manera tan diferente de como había imaginado. Quizás fuese entonces cuando por primera vez recibí esa lección desoladora que todavía, a pesar de los años, no he conseguido aprender. Qué lejos se halla el deseo de esa realidad que vivimos cuando creemos realizarlo. Pero tú no sabías nada de mi sufrimiento. Era tan intenso que desbordaba toda palabra, que me sumergía en un silencio similar a aquel en el que tú te encerraste con tenacidad hasta tu muerte. Nunca logré hablar de mi impotencia para acercarme a las demás niñas, de aquella mezcla de extrañeza y miedo que me obligaba, en los recreos, a permanecer siempre sola, lo más lejos posible de las otras, procurando no mirarlas siquiera, como si, al ignorarlas, pudiera borrarlas de la existencia. Cuántas veces lloré si alguna monja se acercaba amorosa a mí y trataba de obligarme a jugar con mis compañeras. Pero ése era un paso que no logré dar en los dos primeros años. En el segundo curso de mi estancia en el colegio ya fui capaz de hablar o, más bien, de balbucear alguna que otra palabra como respuesta a cualquier pregunta indiferente. Pero ¡qué importa ya todo aquello! Ahora casi me alegro. El silencio que tú nos imponías se había adueñado de nosotros, habitaba en la casa, como uno más, denso como un cuerpo. Aprendí a vivir en él y sería injusto no añadir que si he llegado a conocer alguna felicidad real ha sido precisamente en el silencio y soledad más perfectos. Por eso nada puedo reprocharte a ti, que me enseñaste con tu desmesura, adentrándote sin freno por esa senda que tan pocos frecuentan y que, en tu caso, te condujo a realizar la muerte deseada.

Claro que si te hubieras esforzado en disimular tu olvido de mí yo te lo habría agradecido siempre. No digo que me preguntaras por mi vida en aquel colegio, al que, después de todo, asistía en contra de tu voluntad. Pero sí podrías haber hecho algún comentario sobre mis notas. ¿Acaso no te sorprendieron nunca? Durante los dos primeros cursos siempre tenía la misma, en todo momento y asignatura, siempre diez. Mamá consideraba que eso era simplemente lo correcto y que cualquier otro número en mis calificaciones sería defectuoso. Y aquella norma, que parecía existir sólo para mí, venía a aumentar aún más mis penosas diferencias con el resto de la clase. Envidiaba a mis compañeras por saberlas libres de semejante carga.

A veces deseé escapar muy lejos de vosotros. Ensoñaba diferentes estilos de fugas siempre imposibles. Un día decidí escapar a tus ojos, aunque me quedara en casa. Quizás con mi fingida desaparición deseara descubrir en ti una necesidad desesperada de encontrarme. Así que me escondí debajo de una cama. Me armé de paciencia, dispuesta a no salir de allí en mucho tiempo. Al principio llegué a temer que ni siquiera advirtierais mi ausencia. Al fin empecé a oír el rumor de pasos impacientes que me buscaban, la voz de mamá preguntando por mí y la de Agustina afirmando no haberme visto en toda la tarde. Mi propósito era alcanzar la noche allí abajo, pues sabía que la oscuridad agravaría vuestro susto. Mamá me acusaba: «Esta niña es capaz de cualquier cosa.» Y eso, más que preocuparla, parecía irritarla contra mí. Tú estabas en tu estudio pero no saliste a buscarme, aunque yo estaba convencida de que te habrían comunicado mi desaparición. La espera fue muy larga y, sin embargo, yo me sentía bien sabiéndome escondida de todos. Nunca llegué a conocer lo que tú pensaste o sentiste en aquellos momentos que, aparentemente, ni siquiera te inmutaron. Era ya de madrugada cuando me encontró mamá, que, pensando siempre mal de mí, esta vez acertó. «¡Cómo has podido hacernos esto!», me gritó casi llorando. «Anda, vete a cenar», me dijo después, casi con desprecio, y, sin mediar ninguna otra palabra, se retiró a su habitación. Me sentí derrotada y llena de rabia. Pero cuando me senté a la mesa y te vi frente a mí, mirándome con indiferencia, percibí en tus ojos un sufrimiento inhumano. Entonces mi dolor se hizo banal y ridículo. Lo mío había sido sólo una mentira.

Pocos días más tarde llegó tía Delia. Solía venir durante las vacaciones escolares a pasar una temporada con nosotros. Tú te dirigías a ella como si fuese tonta. Pero no lo era, ¿sabes? Era amorosa y discreta. Ella no entendía de malos y buenos y parecía querer a todo el mundo, especialmente a mí. De ella me llegaron los únicos besos que recibí en mi infancia. Sin embargo, en esta ocasión tú no permitiste que se quedara mucho tiempo en casa. Te molestaba cualquier presencia humana, incluso la mía. Yo, en cambio, estaba entusiasmada con ella. Íbamos de excursión y me llevaba al parque de la ciudad. Por la noche venía hasta mi cama con un vaso de leche tibia muy azucarada y se sentaba a mi lado, contándome cuentos hasta que me dormía. Aquella vez deseé marcharme con ella para siempre. No sabes cómo lloré cuando se fue y, al saber que tú la habías echado, por primera vez surgió en mí un amago de odio hacia ti. Y digo un amago porque más adelante conseguiste despertar en mí una hostilidad más intensa que la de aquel día. Poco a poco, sin que tú lo advirtieras, fui conectando, aunque tímidamente, con el exterior. Un día me invitaban a una fiesta. Tú no me dejabas ir, así como tampoco al cine con amigas o de excursión en bicicleta. De esa forma, gracias a ti, me fui curtiendo en la renuncia. A veces he llegado a creer que nada necesitaba yo de los llamados seres humanos. Y durante largas temporadas he podido vivir feliz con semejante creencia. Y no es que tú volvieras a ocuparte de mí con aquellas prohibiciones. No, era sólo tu apatía, que ahora se manifestaba de aquella manera: imponiéndome brutalmente unas normas rígidas en las que, al mismo tiempo, confesabas no creer y que incluso llegaste a ridiculizar con frecuencia. Me empujabas casi con desprecio hacia los demás. «Tienes que vivir en esta sociedad, entre gente que piensa y actúa así. Tienes que ser como ellos, si no quieres ser una desgraciada.» No sabes cómo me llenaban de horror aquellas palabras tuyas tan falsas y pronunciadas con rabia. Emanaban un asco infinito hacia el resto de la humanidad, y pretendías que yo estuviera entre ellos. Me imponías una resignación sin sentido, como si yo no pudiera esperar nada más de la vida. Me vaciabas de todo y abrías un hueco desolador en mi alma. Me dejabas sola, deambulando entre naderías, con un tedio que pesaba como un cuerpo sobre mí.

Pero entre todas tus prohibiciones yo crecía soñando esperanzas, llena de vagos deseos que no sabía realizar. A los catorce años era ya una mujer. Recuerdo mis primeros tacones como los más altos y difíciles que he llevado nunca. A tus espaldas nacía en mí una vida diferente y advertí que me amaban por las calles más que en casa. Al pasar cada día por la puerta de un colegio, los chicos me cantaban con entusiasmo: «Si Adriana se fuera con otro, la seguiría por tierra y por mar...» Aquella niñería me impresionaba de tal manera que, al verles, aligeraba el paso cuanto podía, intentando escapar de aquella emoción que me asustaba. Un día descubrí que una fotografía mía, ampliada, se exhibía en el escaparate de una tienda. Cuando fui a sacar una copia que necesitaba, me comunicaron que unos chicos habían encargado veinte. Aquello me desconcertó y, sobre todo, temí que tú pudieras llegar a enterarte. Supe también que en muchos pupitres de aquel colegio de chicos estaba grabado mi nombre con letras mayúsculas. Por primera vez en mi vida llegué a pensar que yo era guapa. Pero me vigilaba en los espejos, bajo distintas luces, y no conseguía ver más que la cara de siempre. A veces, cuando regresaba por la carretera, ya anocheciendo, te adivinaba impaciente ante la cancela, esperándome. Aunque tú siempre me mentías, balbuceando con poco humor que habías salido a dar un paseo, yo sabía que me espiabas. Pero no me importaba. Una vez te acompañé a dar una vuelta. Ya era de noche y un silencio tenso se impuso entre nosotros desde el principio. Yo tiraba de ti hacia los eucaliptos, el lugar que más me atraía de aquel exterior. Tú parecías expulsado de alguna tierra, caminabas errante, sin saber adónde dirigirte. Enseguida volvimos a casa. Yo estaba impaciente por separarme de ti. No sé qué extraña tensión me obligaba a esquivarte en aquel tiempo y qué dolor tan incomprensible y ciego me invadía si tenía que permanecer en tu presencia. Toda la amargura imaginable y un desprecio infinito anidaban en ti de manera visible. Tu silencio angustioso estaba poblado de rumores malignos e inaudibles para otro que no fuese yo. Tu quietud tan perfecta no era sino un sobresalto de horror que parecía haberse detenido en el peor de sus instantes. Alguna noche larga de estudio o de insomnio me estremecieron quejidos tuyos que venían de tu sueño o quién sabe de dónde; desde luego no eran de este mundo. ¡Cuántas veces quise acercarme a ti y abrazarte en silencio, curarte de aquel dolor que yo no sabía comprender! Pero sólo contadas palabras y sólo palabras, siempre anodinas, logré dirigirte en tus últimos años.

Me sentía enormemente lejos de ti y, sin embargo, una vez te soñé luminoso y cercano. Tenía yo entonces quince años y nada había cambiado entre nosotros. Soñé que todo el planeta se había inundado. El agua, como poderoso instrumento de destrucción, cubría toda la superficie de la tierra. En ella flotaban a la deriva fragmentos de cuanto había existido hasta entonces. Era el fin. De pronto apareció a lo lejos una barca. Era muy pequeña y tú venías en ella remando lentamente hacia mí. Cuando me ayudaste a subir a tu lado continuaste remando perdido en aquel mar sin límites. No me decías nada. Era como si aquella catástrofe no tuviera la menor importancia para ti. Entonces yo tuve un deseo: casarme contigo. Y al mismo tiempo tuve un pensamiento: tú te negarías, pues habías cambiado tanto... Ahora, de alguna manera, les dabas demasiada importancia a las normas de este mundo y ellas te lo prohibirían. Y con aquella tristeza me desperté.

Recuerdo que poco después volvió Josefa. Tú no la querías en casa. No sé de qué manera, pero la echaste. Mamá lloró, te insultó y de nuevo se refirió a aquello que aún seguía siendo secreto para mí y que estaba ligado al nombre de Gloria Valle. Tú te dejaste caer en un sillón, derrotado, recobrando tu mutismo. Josefa salió a la carretera de noche, sola con su maleta. Por primera vez escuché a mamá pedirte que te marcharas tú también. Y al día siguiente por la mañana, muy temprano, fuiste tú precisamente quien descubrió a aquella mujer que yo también aborrecía. Aún dormía, a pesar de la luz del día, tumbada en la cuneta, al borde de la carretera, frente a la casa y sujetando su maleta con una mano. Tú regresaste enfurecido, gritando por toda la casa. Ella se quedó entre nosotros. Esta vez venía silenciosa y taciturna y creo que se negaba a rezar por ti. Había adelgazado y sus ojos se habían abierto desmesuradamente. Ya no cubría con un velo sus cabellos y, por las noches, revoloteaba por la casa como un pájaro de mal agüero. Aunque nunca la quise, se despertó en mí un sentimiento desapacible hacia ella, mezcla de temor y de lástima. Tú te encerraste en tu estudio y sólo salías de allí para ir a trabajar o dar algún paseo por el campo. Vivías por completo ajeno a nosotras. Parecías el huésped de una pensión cualquiera. A la hora del crepúsculo solías dar largos paseos por la carretera, y fue durante uno de ellos cuando me descubriste con Fernando. Era la primera vez que él se acercaba a mí y me hablaba. Durante meses nos habíamos cruzado en el camino del colegio. Nos mirábamos largamente y ni siquiera nos saludábamos. Yo no necesitaba más para enamorarme, pues creía entonces que era eso lo que me había ocurrido con él. Aquella tarde me detuvo al cruzarse conmigo y me dijo que quería acompañarme. Deseaba despedirse de mí, pues su familia se marchaba a vivir a otra ciudad. Estaba muy triste, porque creía que ya no nos veríamos nunca más. De pronto te descubrí a lo lejos. Tú ya me habías visto y te acercabas con paso rápido hacia nosotros. Le pedí asustada que se marchara enseguida. No pude comprender tu crueldad. Fue la única vez que me pegaste en la vida. Yo no esperaba tanta violencia. Te sentí extraño y tus bofetadas ni siquiera me dolieron. Recuerdo que salí corriendo, sin llorar, huyendo abiertamente de ti y dejándote solo en la penumbra de la noche que caía. Cuando llegué a casa, no miré hacia atrás y, al encerrarme en mi habitación, descubrí que en mí no había sufrimiento, ni rabia, ni miedo, ni angustia. No había nada. Aquello era lo más cercano a la muerte que yo había conocido en mi vida.

Desde aquel día yo te esquivaba y tú, en cambio, iniciabas tímidos intentos de acercamiento a mí. Advertí un amago de antigua ternura en tus ojos, enturbiados ahora por una honda tristeza. Te escuchaba algún comentario sin importancia, dirigido a mí, que parecía no esperar respuesta. Yo guardaba silencio. No sabíamos dialogar. Y ahora, cuando ya de nada te sirve mi comprensión, puedo entrever en aquellos gestos torpes, en la ansiedad con que querías expresarme algo tan intenso que desbordaba la palabra, aquel dolor impensable en el que te estabas ahogando. Una tarde, ya anocheciendo, yo echaba el cerrojo de la cancela cuando oí tu voz llamándome. Venía del jardín y se esforzaba en parecer alegre. Me acerqué a ti desconcertada. Estabas sentado en el viejo banco de madera, bajo el sauce y frente a la fuente, seca ya desde hacía tiempo. Un aliento de muerte envolvía ahora lo que, años atrás, había sido el escenario mágico de nuestro juego predilecto. Sólo quedaba el romero que dibujaba los caminos del jardín y los árboles y matas que no habían necesitado para sobrevivir más que el agua que les había caído del cielo. Todas las demás plantas habían muerto y permanecían allí, secas y olvidadas, tentando a la memoria, reconstruyendo para nosotros algo que no recuperaríamos jamás. «¡Hola!», te dije, y deseé preguntarte qué hacías, aunque sólo fuera para impedir el silencio. Pero no dije nada más, pues sabía que tú ya no hacías nada. Me senté frente a ti, en el borde de la fuente, adivinándote en la penumbra. «No sé por qué ya no hay agua en la fuente», dijiste. «Es que nadie se acuerda de cuidar el jardín», te respondí con impaciencia. «Es verdad –continuaste–, todo se ha secado. ¡Con lo bonito que era! ¿Te acuerdas?» Claro que me acordaba, pero no te respondí. Sentí de pronto una congoja insoportable. Y entonces por primera vez me atreví a preguntarte: «¿Qué te pasa? ¿Por qué estás siempre tan mal?» Tú me miraste sorprendido, como si te extrañara que yo hubiera advertido tu dolor. Parecías contrariado y desvalido. Yo insistí: «Cuando volviste de Sevilla aquella vez, todo cambió en tu vida. ¿Qué pasó allí?» «Pues que murió mi madre, ya lo sabes.» Te respondí que no me refería a eso, sino a otra cosa, a aquel secreto ligado al nombre de Gloria Valle. «¿Recuerdas? –te dije–. Yo te llevaba sus cartas a tu estudio para que mamá no las rompiera.» «¿Tú me las llevabas?» Y añadiste: «Tienes mucha fantasía, Adriana.» Era evidente que deseabas concluir aquella conversación, pero yo insistí una vez más: «¿Es ese el motivo de tu sufrimiento?» Tú sonreíste con amargura. «Mira –me dijiste–, el sufrimiento peor es el que no tiene un motivo determinado. Viene de todas partes y de nada en particular. Es como si no tuviera rostro.» «¿Por qué? Yo creo que siempre hay motivos y que se puede hablar de ellos», te dije, sin convencimiento alguno y desalentada al ver que habías desviado mi pregunta. Miré a mi alrededor aceptando una vez más tu silencio y pensando que, quizás, nunca se pudiera ser feliz en ninguna parte. Ya era de noche, había luna nueva y la oscuridad era como una niebla sombría que, a mis ojos, te daba una expresión imperturbable. Te miraba fijamente, tratando de adivinar lo que no me decías. A través de aquel velo de penumbra vi años enteros pasando por tu rostro envejecido. Aquella noche sentí que el tiempo era siempre destrucción. Yo no conocía otra cosa. El jardín, la casa, las personas que la habitábamos, incluso yo con mis quince años, estábamos envueltos en aquel mismo destino de muerte que parecía arrastrarnos contigo. Cuando entramos en la casa, me pediste que le comunicara a

Agustina que no ibas a cenar. Y te despediste de mí como si aquélla fuera una noche cualquiera.

Horas más tarde me desperté con los gritos de mamá llamándote. Decía haber oído un disparo. Sólo uno. Yo supe enseguida que habías muerto. Salieron a buscarte varias veces. Pero la lluvia, la oscuridad y el miedo les impidieron encontrarte.

Al amanecer trajeron tu cuerpo sin vida. Te habías disparado un tiro, como hacía años habías anunciado. Yo no te vi, pero supe que te traían porque llegó tu silencio, amargo, de piedra, que se extendió por la casa y, de alguna manera, te sobrevivía. Mamá no me dejaba salir de mi habitación. No fue una prohibición: me lo pidió con cordialidad y yo se lo agradecí. Tenía tanto miedo a comprobar que era verdad todo aquello que, desde lejos, me parecía sólo un sueño. Sin embargo, no fui capaz de resistir. Eras tú el que estaba allí abajo, en tu estudio, como siempre, tendido sobre la cama. Y entonces, ¿sabes?, en un acto supremo de voluntad decidí no creer en la muerte. Tú existirías siempre. Bajé a verte con la intención de abrazarte, con la esperanza de descubrir que aquella pesadilla se había desvanecido. Pero cuando llegué a tu puerta, tan solitaria en otro tiempo, no me dejaron pasar. Había allí personas desconocidas que parecían haberse apropiado de tu cuerpo. Eran un médico forense y dos policías. Uno de ellos estaba muy delgado: advertí que los pantalones le quedaban muy anchos. Ya ves, en aquellos momentos de extremo dolor se destacaba ante mis ojos una realidad anodina, en la que quizás nadie reparaba. El médico escribía un informe en un papel. Cumplía su función con indiferencia, incluso se equivocó varias veces. Rompió la hoja donde escribía y sacó otra nueva de su libreta. Apuntaba datos que a nadie podían interesarle. A mí todo aquello me parecía una profanación, algo tan terrible como la muerte misma. De tu rostro sólo podía entrever, a lo lejos, tu nariz y tu boca cerrada. Una venda blanca ocultaba tus ojos, tu frente y el resto de tu cabeza. Yo me repetía en silencio, una y otra vez, como una autómata: «La muerte no existe, la muerte no existe.» Uno de aquellos hombres cerró la ventana porque tenía frío, como si eso pudiera ya tener importancia alguna. El médico terminó su informe y cruzó algunas palabras con mamá, que lloraba desde muy adentro. Deseé acercarme a ella, pero me sentí paralizada. Un peso brutal iba cayendo sobre mí y yo no podía sostenerlo. Cuando los hombres se fueron mamá cerró las ventanas y Josefa encendió unas velas. Aquella penumbra me llenó de esperanzas. Desde ella y desde los rezos de las mujeres me vino el presentimiento de encontrarte alguna vez en un espacio otro y nuevo.

Durante varios días me encerré en mi habitación. Quería recordarte entre los vivos. Me negaba a participar en los preparativos que te destinaban, signos inequívocos de una despedida eterna. Tía Delia vino enseguida, y entre ella y mamá me obligaron a seguir viviendo. Pues yo me abandonaba a una quietud absoluta, tumbada sobre la cama. En dos ocasiones caí en aquel estado terrible que sólo he conocido en ti y en mí. Era esa total rigidez del cuerpo desde la que no podía realizar ni el más leve movimiento, ni articular sonido alguno. Una vez me quedé con los ojos abiertos y ni siquiera pude cerrarlos. Después de aquel espanto, salté de la cama y corrí fuera de la habitación. Anduve como loca durante horas por los alrededores de la casa, sin fijarme más que en mi propio movimiento. Entonces decidí salir a tu encuentro y buscarte entre las huellas que habías dejado en otra ciudad: Sevilla. Mamá quería marcharse a Santander. Su hermano vino a buscarnos. Yo le rogué que me permitiera pasar sólo unos días con tía Delia, en tu ciudad. Ella accedió.

Josefa se quedaba sola en nuestra casa. Yo me volví sorda y ciega ante ella. Había retirado tus fotografías, y la sorprendí cuando se las entregaba a mamá, aconsejándole con dureza que las rompiera y empezara una vida nueva. Mamá la obedeció. Estaba enloquecida y lloraba desesperada, sin advertir mi presencia. Por primera vez comprendí que su sufrimiento también había sido desmesurado. Me acerqué a ella, que me abrazó mientras su llanto se hacía más y más violento. Y, como si necesitara justificarse, me dijo: «Él nunca me amó.»

Cuando, al día siguiente, llegué a Sevilla, supe que si tú te hubieras quedado vagando por algún lugar de este mundo sería en aquella ciudad, hecha de piedras vivientes, de palpitaciones secretas. Había en ella un algo humano, una respiración, un hondo suspiro contenido. Y los habitantes que albergaba parecían emanados de ella, modelados por sus manos milenarias. En un barrio umbrío, donde los cegadores rayos de sol entraban tamizados por las sombras, se hallaba tu casa, construida según antigua usanza, hecha de materiales nobles y gastados por el paso de tantas vidas como te habían antecedido en ella. Tenía dos plantas y un patio central pavimentado con losas de mármol. El murmullo del agua que corría por la fuente me obligó a detenerme. Era un sonido que me llegaba desde tu infancia. ¿Cuántas veces te habrías adormecido escuchándolo desde tu habitación? Aquel murmullo sereno me acompañó durante los días en que me sumergí entre imágenes que te habían visto crecer y que continuaban allí, indiferentes a tu muerte, presentándome el escenario de una vida tuya que yo ignoraba. Cualquier objeto albergado bajo aquellos techos conventuales me impresionaba vivamente. Parecían venir desde un tiempo que te pertenecía, adquiriendo así una intensidad mayor que lo real.

Como una sonámbula, seguí a tía Delia hasta su habitación. Me pidió que la ayudara a deshacer su maleta, quizás para ahuyentar los fantasmas que adivinaba en mi silencio. Y fue entonces cuando, por un extraño azar, me encontré bruscamente con aquello que, durante años, había encerrado un secreto de tu vida. Eran las cartas de Gloria Valle. Sin duda las mismas que yo había salvado para ti escondiéndolas en mis bolsillos. Estaban entre las hojas de un libro tuyo. Tía Delia se había traído en su maleta los que había decidido heredar de ti. Pude habérselas pedido, pero no sé qué ciego impulso me hizo apoderarme de ellas, a sus espaldas, como si no quisiera compartir con nadie su lectura.

Aquella noche apenas dormí. Al amanecer escuché el canto de un gallo, allí, en la ciudad.

Las cartas de Gloria Valle me entregaron a largas cavilaciones. Apuntaban posibilidades en las que yo no quería creer. Había en ellas demasiados sobrentendidos y, sin embargo, era evidente que con ella habías vivido algo mucho más intenso que con mamá. Me preguntaba cómo habría sido con ella tu vida cotidiana, cosa que no llegasteis a compartir. ¿Habrías muerto también? Pensé entonces que siempre era mejor lo que se queda en el espacio de lo posible, lo que no llega a existir.

De las siete cartas que yo recordaba sólo hallé tres. Ésta es la primera que leí: «Querido Rafael: tu segunda carta me ha sorprendido todavía más que la anterior. Aún te conozco demasiado. Sé que te has arrepentido de tus primeras palabras. Pero no importa. No llegué a tomarlas en serio. Durante diez años muchas veces nos separamos para siempre y otras tantas nos reconciliamos. Pero aquella vez fue diferente. Es cierto que me ausenté durante más de un año y que ni siquiera te escribí, pero tú sabes muy bien por qué me fui. Claro que cuando te busqué de nuevo, me encontré con que te habías casado y acababas de tener una niña. Querías olvidarme y empezar una nueva vida, más serena, decías. ¿Y aún pretendes que yo no le dé importancia? ¡Qué cinismo el tuyo! Dices tener conmigo un lazo indisoluble, por encima de toda ley, intocable por el tiempo. Pero yo recuerdo que entonces ni siquiera me dijiste que amabas a tu mujer, te limitaste a presentarme excusas triviales para no quedarte conmigo. ¿Por qué tenía que compartir yo nada contigo? Estaba sola y lo que me ocurrió me concernía sólo a mí. Te pedí que no volvieras nunca más por esta ciudad. Claro que nunca pensé que fueras tan obediente. Y ahora me dices que aún no me has olvidado. ¡Qué insensatez! Me niego a admitir que estos años hayan sido fruto de un simple equívoco. Mira, prefiero que no me escribas más y, sobre todo, no vuelvas por aquí. Adiós. Gloria.»

Las otras dos cartas eran muy breves: «Tampoco yo podía vivir sin ti al principio y, sin embargo, logré aprender. Ya te he olvidado. Adiós, Gloria.» «Te repito por última vez que estoy cansada. No tengo fuerzas ni deseos de cambiar mi vida. Adoro a mi hijo. Soy feliz con él. En nuestra vida no hay lugar para nadie más. Ni siquiera para ti. Además, ya no te amo. Adiós, Gloria.»

A través de estas palabras me pareció conocer perfectamente tus cartas, tu proposición de volver con ella, abandonándonos a nosotras. ¿Me equivoco? En mis cavilaciones de niña sobre lo que yo consideraba tu secreto nunca apareció la posibilidad de que tú pudieras abandonarme. Yo sabía tan poco de ti... Mi mirada era tan corta.

Decidí visitar a aquella mujer. Ahora sabía que vivía sola con su hijo. Naturalmente pensé si tú serías el padre, pero me pareció un disparate. No le habrías ignorado tanto. Además, no sabía qué edad tendría. Lo único evidente era que el padre del niño, fuera quien fuese, no vivía con ellos.

Aún era demasiado temprano. Tendría que esperar a que tía Delia se marchara a dar sus clases de solfeo y piano. Atravesé el patio. El mármol del suelo parecía azulado con la claridad del amanecer. Por primera vez me dirigía a la que había sido tu habitación. En ella, un escarabajo de noche se hacía el muerto. Había quedado rezagado y, sin darme cuenta, lo pisé. El leve crujido de su cuerpo me provocó una repugnancia sin límites y una lástima absurda. Pensé que era el único habitante de tu dormitorio. Allí no quedaban más que los residuos que Emilia no había tirado aún a la basura. Había una alfombra desteñida y una vieja mesilla de noche a la que le faltaban las patas delanteras. En su interior encontré unos zapatos deformes y gastados por ti, unas zapatillas rotas, un reloj despertador que ya no funcionaba y una careta arrugada que dejaba entrever, entre las dobleces del cartón, un rostro hermoso con mirada de diablo. Me hizo gracia y la deposité sobre la mesilla para verla bien. Aquellos insignificantes objetos cobraron a mis ojos una extraña elocuencia. Emanaban algo de ti que escapaba a las palabras. Al salir descubrí a Emilia. Su quietud fantasmal me sobresaltó. Estaba de pie, a mi espalda, pegada a la oscuridad, sin relieves, como una estampa. «¿Qué quieres saber?», me dijo con benevolencia, cruzándose de brazos y mirándome con sus ojos de fiebre. Me extrañó que no me preguntara qué hacía allí, en tu habitación, que ya no era de nadie, levantada tan temprano. Intuí que ella conocía el motivo de mi curiosidad. Entonces también yo fui directa: «¿Quién es Gloria Valle?» «Una loca», me respondió, mostrando en su sonrisa una gran ternura hacia aquella mujer que tú, ahora estoy segura, tanto habías amado. «¿Por qué?», le dije. Pero ella ya no me escuchaba. Bajaba la escalera con su paso ágil y silencioso.

No sé por qué tú nunca me hablaste de ella, que aún te quería, a pesar de tu ausencia y olvido. Mientras desayunábamos juntas, en la amplia y sombría cocina de tu casa, ella me preguntó: «¿Había envejecido mucho tu padre?» Yo no supe qué responderle, pues sus ojos se humedecieron de lágrimas y tuve la impresión de que no me escucharía, como si ya nada importara tu último aspecto. Y, para romper aquel silencio lacrimoso que ella imponía, le dije: «¿Era de mi padre aquella careta?» «¿Qué careta?» Y después de unos instantes recordó. «¡Ah, sí!, claro. Era suya.» Y me contó que la habías llevado en un baile de disfraces cuando tenías quince años. Durante mucho tiempo después de tu marcha permaneció colgada en la pared por simple abandono. Un día ella la guardó en la mesilla de noche entre otros objetos tuyos que no servían para nada. De vez en cuando Emilia guardaba silencio y su mirada se perdía en algo que yo no podía ver, pero que me esforzaba en adivinar. Pues sabía que te contemplaba a ti, sujeto a los hilos de su memoria, a una edad que yo desconocía.

Emilia era una mujer delgada, curtida en el silencio y en los hábitos de una criada, papel con el que ella se identificaba sin conflicto aparente alguno. Por las noches, mientras tía Delia tocaba el piano o se iba a dormir, yo me reunía con ella en la cocina, al calor del brasero de la camilla. La bombilla que dejaba entonces encendida pendía desnuda del techo y su luz era tan débil como la de una vela. Cuando hablaba de ti, sus ojos adquirían a veces la vaciedad de los ciegos. Otras veces miraba intensamente algo invisible para mí. Yo la interrogaba sobre ti desde la primera de tus imágenes, pues ella te vio nacer. Con mis preguntas la llevaba a sumirse en un estado de médium. Y, como una auténtica vidente, lograba entrar en otro espacio, sin tiempo, donde aún permanecía tu infancia, tu adolescencia, tu juventud. Su memoria era inmensa. Un mundo completo y tan inalcanzable como el de los muertos cabía en ella. Yo cerraba los ojos y, en la oscuridad de mis párpados, te contemplaba como a un fantasma vivo que ella convocaba para mí. Entre nosotras apenas existían más palabras que las que surgían de su memoria, siempre referidas a ti. Y, sin embargo, aquella primera mañana yo no me atreví a decirle que pensaba visitar a Gloria Valle.

Esperé a que no hubiera nadie en la casa para salir. Recuerdo que me detuve unos minutos en el umbral sin saber hacia dónde dirigirme. Y cuando pregunté por la dirección que tenía escrita en las cartas, me sorprendió averiguar que erais casi vecinos. Claro que aquella casa no era como la tuya. Tenía tres plantas y parecía inmensa, casi un palacio. A través de sus pesadas puertas entreabiertas y por detrás de una cancela pude ver un patio, solemne y sombrío, de color ocre. Temí que ya no estuviera habitada. Al cruzar la calle para asomarme a su interior, descubrí una mirada fija en mí. Me sobresalté de tal manera que quise marcharme. Era un chico de mi edad, y me llamaba. Estaba muy cerca, asomado a una ventana de la planta baja. Parecía desenvuelto y acostumbrado a que los visitantes de aquella ciudad, la más bella del sur, se detuvieran a admirar su patio, pues me daba su permiso para que yo también lo contemplara. Cosa que, en realidad, no comprendí, pues aquel desastre que descubrí en su interior no parecía haber sido admirado en muchos años. Aunque, a pesar del aspecto ruinoso que ofrecía, era un lugar de una belleza rara, sin más plantas que las malas hierbas que crecían salvajes entre las ranuras del suelo. Él me miraba intensamente y con descaro. Supe enseguida que allí no solía entrar nadie. «¿Eres de aquí?», me preguntó. «No. Sólo he venido a pasar unos días», le respondí mientras le seguía, pues había decidido enseñarme toda la casa.

Yo contemplaba todo aquello adivinando tu sombra por aquel museo de ruinas y abandono, donde no había más adorno que el trazado de las grietas que amenazaban desde el techo y los huecos polvorientos de cuadros desaparecidos. Tu mirada me acompañaba a lo largo de aquellos inmensos salones vacíos, convertidos ahora en lugares de paso. Aquello parecía imposible para la vida. Después supe que ellos dos, madre e hijo, se refugiaban en unas cuantas habitaciones del interior. Y entre ellas, como un milagro, aparecía un pequeño jardín, muy cuidado y repleto de flores. Era como un hermoso oasis que sobrevivía en el corazón de aquella ruina.

Miguel, pues así se llamaba el chico, tenía un año menos que yo y, sin embargo, por su estatura y por su lenguaje reflexivo y profundo, parecía mayor. Al despedirnos me pidió el teléfono. Yo me negué tercamente a dárselo. Había algo en él que me asustaba. Era algo que comprendí horas más tarde cuando, una vez sola, al evocar su imagen, descubrí un gesto insignificante, una sonrisa fugaz, un ademán descuidado que, estaba segura, ya había conocido en ti. Supuse que Miguel era tu hijo, pero no me atreví a hacer pregunta alguna. Tenía miedo a confirmarlo. Sentí entonces una profunda lástima por ti. Si yo lo hubiera sabido antes... Pero a una niña no se le hacen confidencias. ¡Cuánto silencio tuviste que imponerte para olvidarle! Ahora tenía una nueva pieza para encajar en el rompecabezas de tu imagen: habías sido un cobarde. Pero pensé al mismo tiempo que tu sufrimiento, incluso tu muerte, te redimían de ello. Además, ¿sabías acaso que jamás exististe para aquel niño? La imagen de un padre era algo extraño e innecesario para él, pues aquella mujer había creado un mundo para defenderle de tu ausencia. Lo comprendí desde la primera vez que les vi juntos. Ella venía de trabajar. Tenía una tienda de objetos de arte y muebles antiguos. Entró en la habitación de Miguel para darle un beso. Él nos presentó y ella apenas me saludó. Pues al escuchar mi nombre noté que una sombra empañaba sus ojos. No trató de disimular sino que enseguida me preguntó por ti. «Está bien», le dije yo entonces, mintiendo pero deseando que fuera verdad. «¿Ha venido contigo?», añadió intentando sonreír. «No», le respondí secamente. Se marchó y yo quedé asombrada de su belleza, pues no parecía venir sólo de su rostro ajado, sino de muy adentro, de algún lugar de su interior que, sin duda alguna, se había salvado del tiempo.

Un día le pregunté a Miguel por su padre. Él me contestó con indiferencia que había muerto. Noté que se sentía seguro en aquel mundo del que tú estabas excluido. Entonces me contó que su padre había salido una noche a pasear por la playa, mientras su madre, embarazada de él, le esperaba en la casa. Pasaban unos días en un pueblo del norte. Ella tuvo que salir a buscarle, pues cuando ya amanecía él aún no había regresado. Sólo encontró su gabardina mojada sobre una roca. Desde entonces fue cada día a aquel lugar esperando hallar alguna señal de él. Pero tuvo que volver a Sevilla poco antes del parto, convencida de que había muerto, como creían todos en el pueblo. Nunca llegó a saber nada más de él. Me extrañó que hablara de aquella desgracia tan mecánicamente, como si no tuviera nada que ver con su vida. Enseguida añadió de buen humor: «Es curioso, pero en la única fotografía que conservamos de mi padre resulta que no se le ve.» No comprendí sus palabras y, al pedirle que me las explicara, salió de la habitación. Iba a buscarla. Me dijo que, mientras volvía, le esperara leyendo cualquier cosa. Naturalmente se refería a los cuentos que me había prestado. Eran suyos, pretendía ser escritor, aunque pienso que ya creía serlo. Desde luego me interesaban mucho sus escritos, pero no tanto como verte a ti en una fotografía en la que él te reconocía como padre. No leí sus cuentos, sino que me dediqué a hurgar entre sus libros. Me apoderé sin derecho de una libreta con pasta de hule. Me pareció un diario y creí ver mi nombre escrito entre sus hojas. No me avergonzaba robársela por una noche. La guardé en mi bolso cuando escuché sus pasos cerca de la puerta. Me mostró la fotografía. El Tenorio, con tu careta de rostro hermoso y ojos de diablo, cortejaba a Doña Inés. Era de una fiesta de disfraces que Gloria Valle había dado en aquella misma casa cuando tenía quince años. Entonces me contó que su madre al verte, en mitad de la fiesta, sin la máscara aquella que ocultaba a su padre, quedó tan impresionada que cambió su disfraz de maja madrileña por el de una amiga. Y así, vestida con el hábito y careta que se suponía de Doña Inés, fue a invitarte a bailar con ella. Añadió que desde entonces ya no os separasteis nunca, hasta tu muerte, poco antes de él nacer. Pero no creas que él mostraba gravedad alguna en sus palabras ni que, de alguna manera, admiraba vuestro amor. No. Lo que más le atraía de aquella imagen tuya era el disfraz. «Eran muy cursis, ¿verdad? –me dijo–. Pero a mí me gustaría vestirme así y dar una fiesta como aquella. ¿De qué te vestirías tú?» «¿Yo? –dije desconcertada–. Creo que de bruja.» «No necesitarías cambiar mucho –dijo riendo–. Creo que ya lo eres.»

Poco después me marché y cuando llegué a tu casa, tía Delia me estaba esperando. Cada día salíamos por las tardes a recorrer la ciudad. Hablaba sin pausas y jamás te mencionaba. Al principio pensé que deseaba distraerme, sacarme de lo que a ella le parecía un ensimismamiento enfermizo. Pero supe que tenía miedo de los muertos. Me lo dijo Emilia, después de hacerme señas de que no te nombrara en su presencia. Tía Delia creía haber visto a abuela, pocos días después de que muriera, flotando sobre la fuente del patio. Desde entonces yo la cuidé como si fuera una niña y la acompañaba por las noches, obligándola a contarme historias de la ciudad hasta que el sueño la vencía.

Y aquella noche, cuando la vi casi dormida, me despedí. Estaba impaciente por leer lo que me pareció el diario de tu hijo. Tenía muy pocas páginas escritas y sólo hablaba de algunos de nuestros encuentros; claro que no fueron exactamente así:

«Cuando la vi entrar en casa, supe que era a mí a quien buscaba. Ella no venía, como otros visitantes de la ciudad, a admirar el patio de una casa andaluza. Por eso me extrañó que se negara a darme su teléfono. ¿Qué quería de mí? ¿Por qué me buscaba? Pensé que quizás fuera una niña engreída a la que le gustaba hacerse la misteriosa, pues al negarse también a fijar una cita conmigo me dijo: "No hace falta. Seguro que nos veremos." Muy pronto tuve ocasión de comprobar que esto era cierto. Nos encontramos repetidas veces y no por azar, como se podía pensar dada la cercanía de nuestras casas. No. Nos encontramos en los lugares más sorprendentes, donde menos podía yo imaginarla. Pero digo mal, pues no era cierto que nos encontráramos: ella me estaba esperando donde y cuando se le antojaba, y yo, sin saberlo, sin pensar en ella siquiera, iba como un sonámbulo hasta el lugar donde estuviera, como si ejerciera un fuerte poder sobre un lado de mí que yo mismo desconocía. Después de nuestro primer encuentro pasé dos días deambulando tontamente por las calles y plazas en las que yo imaginaba poder encontrarla. Aún no sabía que vivía tan cerca de mí. No había ni rastro de Adriana, llegué a pensar que no volvería a verla. Entonces entré a descansar en el Patio de los Naranjos, donde ya la había buscado sin éxito. Antes de distinguirla, ya supe que ella estaba allí. Y lo supe por aquel ligero mareo y aquellas palpitaciones que surgían en mí al descubrirla.

»A la mañana siguiente, sin pensar siquiera en verla tan pronto, me marché a las ruinas de Itálica, donde tantas veces había ido con mi madre. A ella le fascina todo lo que ha pertenecido a un tiempo que ya no existe. Me senté en los escalones destruidos del circo romano. Estaba solo, sintiéndome lejos de todo. Y de pronto apareció Adriana detrás de mí. Y digo apareció porque ni escuché sus pasos, ni la vi llegar de ninguna parte, sino que de repente estaba allí, sin más, y me sonreía como si aquella manera de encontrarse fuera la más natural del mundo. Yo, en cambio, di un salto por el susto que me llevé. Creo que si los fantasmas existieran, aparecerían de la misma forma que ella.

»No sabía qué estaba ocurriendo. Sólo era consciente de una cosa: yo estaba totalmente en sus manos. Ejercía sobre mí un poder fatal. Algo más fuerte aún que el amor; pues, además, yo me había enamorado de ella. Lo supe en cuanto la vi.

»Un día subimos las rampas de la Giralda sin decir una sola palabra. Ella estaba ausente, pensativa, no me prestaba atención. Quizás por eso, cuando llegamos arriba, yo empecé a mostrarle la ciudad, hablando mucho y tontamente. Estaba nervioso y de pronto se me ocurrió decirle de broma: "En un lugar como éste, más o menos, debió de aparecerse el Diablo a Cristo cuando le dijo: 'Si, postrándote ante mí, me adorases, yo te daría todos esos pueblos que ves, con sus riquezas y tesoros.'" Ella me miró divertida y me dijo: "Imagina que soy yo el Diablo y que te hago esa proposición: ¿qué me responderías?" "Me postraría a tus pies, renunciando a todo lo demás", le contesté con entusiasmo. Ella se echó a reír y yo, aunque no entendí su risa, sonreí cuanto pude, que fue bien poco, pues por unos instantes sospeché que se reía de mí. Entonces ella, olvidada de todo, me cogió de la mano, como por un descuido, de una manera insoportablemente fraternal, y me arrastró hacia otro ángulo de la torre. Me pidió que continuara con mis explicaciones sobre la ciudad. Aquello parecía interesarle más que mi persona. Pero cuando quiso soltar mi mano, yo sujeté con fuerza la suya. Me miró con tal expresión de horror que me retiré de un salto. La acompañé hasta su casa y ella no me dijo nada más durante todo el camino.»

Cuando terminé de leer aquellas pocas páginas, decidí marcharme sin despedirme de él. En realidad no me atrevía a decirle la verdad. No quería romper aquel mundo que Gloria Valle había tejido para vuestro hijo, tan complejo y frágil como una tela de araña. Además, de nada me servía a mí el saber que tú eras su padre, a pesar de que, por primera vez, creo que empecé a comprender algo de tu sufrimiento. Pero eso ya importaba muy poco, pues comprender no era suficiente para reconciliarme con tu existencia, ni con la de mamá, ni con la mía, ni tampoco con la de aquellos dos seres desamparados que, a su manera, también padecían tu abandono.

Envié el cuadernito a Miguel añadiendo algo a sus últimas palabras: «Yo también te amo.» Y no sé por qué lo hice. Quizás me impulsara el deseo de permanecer entre ellos, sumida en aquella atmósfera de encantamiento que les envolvía, aunque sólo fuera como la sombra de alguien que se ha ido.

Mañana abandonaré para siempre esta casa, convertida ya, para mí, en un lugar extraño. Ahora no hay luz eléctrica y, desde una oscura desolación, van apareciendo, en el círculo luminoso de mi linterna, los objetos abandonados que la habitan: un tablero de ajedrez, sillones de terciopelo, rincones vacíos, cuadros, lámparas apagadas, postigos cerrados, desconchados en las paredes... Son objetos indiferentes que ya no pertenecen a ninguna vida. Toda la casa aparece envuelta en el mismo aliento de muerte que tú dejaste. Y en este escenario fantasmal de nuestra vida en común ha sobrevivido tu silencio y también, para mi desgracia, aquella separación última entre tú y yo que, con tu muerte, se ha hecho insalvable y eterna.

Capileira, junio-julio de 1981

Bene

Anoche soñé contigo, Santiago. Venías a mi lado, paseando lentamente entre aquellos eucaliptos donde tantas veces fuimos a merendar con Bene, ¿recuerdas? También ella aparecía en mi sueño. Vestía un traje gris de listas y un delantal blanco, su uniforme. Aparecía muy triste, clavando su mirada en el suelo, entre sus pies, con sus manos juntas, como una colegiala. Tú y yo caminábamos lentamente, y ella permanecía muy quieta a lo lejos. No llevaba la cesta de la merienda y parecía ocultarse de alguien o de algo, quizás de aquellos gritos tan desagradables que tía Elisa, tan dulce y correcta para todos los demás, le dirigía por cualquier insignificancia. Tú habías vuelto para quedarte conmigo aquí, en esta vieja casa donde los dos nacimos y donde yo vivo ahora, envuelta en las sombras de los que os habéis marchado. Venías con la misma edad que tenías entonces, cuando te fuiste. Al ver a Bene entre los eucaliptos, tú me cogiste fuertemente del brazo y me susurraste al oído con sobresalto: «¡Ya sé por qué se ha ido Bene!» Al acercarnos a ella descubrimos un objeto entre sus manos. Era un libro, parecía un misal. Pude ver entonces, en la portada, la huella quemada de una mano humana. Tú ya no estabas a mi lado. Me encontré sola con ella, con una Bene desconocida que levantaba su rostro hacia mí sin gesto alguno. Su mirada parecía surgir de un vacío infinito. Y sus ojos comenzaron a brillar con una intensidad extraordinaria. Intenté escapar a la angustia que me asfixiaba. El resultado de mi esfuerzo fue despertar. Y tú no habías llegado a comunicarme lo que sabías de su marcha repentina.

Aún recuerdo el día que fuimos a buscar a Bene. Mi hermano Santiago no quiso venir. Se había quedado sentado en el jardín, entregado a la lectura con aquella misma concentración que, de niño, solía dedicar a uno de sus juegos predilectos: mientras con la mano izquierda sujetaba cuidadosamente un saltamontes, con la derecha, también con sumo cuidado, clavaba un alfiler en sus ojos. Cuántas veces, al presenciar aquella tortura, le grité desesperada y le llamé asesino. También ahora sentía deseos de gritar para apartarle de aquellos libros que diariamente se interponían entre nosotros. En aquel tiempo él tenía dieciséis años, cuatro más que yo. Pero no era sólo la diferencia de edad lo que entonces nos separaba, sino la nueva vida que él había comenzado, desde hacía dos años, al asistir a un colegio. Yo, en cambio, me había quedado sola, siempre encerrada en casa y recibiendo lecciones de doña Rosaura, la única profesora que tuve de niña.

Vivíamos en Extremadura, en una casa grande y aislada que distaba unos tres kilómetros de la ciudad. Yo no dejaba pasar ninguna oportunidad de salir al exterior, pues estaba cansada de apostarme en la cancela y, a través de sus barrotes, contemplar la carretera, casi siempre vacía. Allí fuera empezaba el mundo, donde yo imaginaba que podrían ocurrir las cosas más extraordinarias. Claro que sólo conseguía ver las manadas de toros que pasaban con frecuencia, levantando una nube de polvo que los envolvía, y haciendo temblar la tierra bajo los golpes poderosos de sus pisadas. Siempre iban corriendo, y cuando ya los tenía muy cerca, salía disparada a refugiarme tras una columna de la marquesina. Desde allí los contemplaba con terror y entusiasmo. A veces pasaban largas caravanas de gitanos silenciosos y cansados. Conducían sus pesados carromatos, y yo no sabía nunca adónde se dirigían ni de dónde venían. Siempre ha existido una gran pobreza en Extremadura, pero entonces, a principios de los años cincuenta, la miseria se hacía presente por todas partes. Cuando iba a la ciudad, me fijaba especialmente en todos aquellos desgraciados que pedían unas monedas tirados por las calles, sin casa, sin comida y vestidos con ropas destrozadas. Creo que les prestaba tanta atención porque la única amiga que tuve en mi infancia era la nieta de un mendigo y vivía sola con él. Se llamaba Juana y era la hermana de Bene, aunque tenían padres diferentes, según me dijo ella misma. Cada día pasaba con su abuelo ante la cancela de mi casa. Cuando iba sola, se detenía a verme un rato. Manteníamos largas conversaciones a través de los barrotes. Tía Elisa me castigaba si la dejaba entrar o si salía a jugar con ella. Nuestra amistad crecía a medida que Santiago se alejaba de mí para dedicarse por entero a los quehaceres y amigos del colegio. Siempre que podía, me escapaba con ella o la introducía a escondidas hasta la huerta. Un día la vi pasar con su abuelo por la carretera y ni siquiera me miró. Iba vestida de blanco y, aunque la falda era corta, supe que había hecho la primera comunión. Llevaba el velo caído sobre los hombros. No se lo podía sujetar en la cabeza, pues la tenía rapada. Su abuelo se la afeitaba para que los piojos no anidaran en ella. Juana tenía mi edad, pero parecía más pequeña que yo. Por eso no me extrañó demasiado que hiciera la primera comunión a los doce años. Recuerdo que pocos días después volvió a pasar por delante de la cancela. Llevaba un vestido nuevo que no era de su talla. Daba una mano a su abuelo y la otra a una mujer joven. Imaginé que era su hermana Bene, de la que tanto me había hablado. Nunca había conocido a su padre, y su madre había muerto hacía ya mucho tiempo; ni siquiera la recordaba. Sin embargo, conocía al padre de Bene y no le quería. Era gitano, y a ella siempre le hablaba con mal humor. Se llevó a su hija cuando ésta cumplió los catorce años. Se la llevó a la fuerza, para que empezase a trabajar. Desde entonces, hacía ya cinco años, Juana no había vuelto a verla. Pero nunca la había olvidado y sus pocas esperanzas dependían todas de ella. La esperaba con perseverancia y la ensoñaba como a una reina que algún día llegaría a rescatarla de la miseria en que vivía. Ahora, al fin, había regresado. Y, sin embargo, Juana iba cogida de su mano, con la cabeza muy inclinada hacia el suelo, como si fuera llorando. No se volvió a mirarme y yo no me atreví a llamarla. Temí que se hubiera enfadado conmigo porque Bene iba a trabajar de criada en mi casa.

Cuando el taxi que nos conducía a tía Elisa y a mí se detuvo ante aquella choza pequeñísima que Juana llamaba su casa, corrí a buscar a mi amiga, gritando su nombre. Aquella vivienda se parecía mucho a las cabañas que Santiago y yo construíamos, años atrás, con palos y hojas secas para jugar. Bene salió a recibirnos y Juana venía con ella. Tampoco esta vez pudimos hablar. Tía Elisa, que ni siquiera se había bajado del coche, me ordenó subir inmediatamente. Bene me siguió y se sentó frente a nosotras, en uno de los sillines plegables, mientras Juana se quedaba llorando en silencio, viendo cómo nos alejábamos. Yo observaba a Bene con curiosidad y con esa impertinencia que sólo los niños y algunos viejos se suelen permitir. Ella contemplaba con entusiasmo el árido paisaje que atravesábamos. Volvía la cabeza de un lado a otro como si cualquier detalle de aquel campo, ya en pleno otoño, la sorprendiera. Recuerdo que llevaba una caja de zapatos entre sus manos, y que ése era su único equipaje. A mi lado, tía Elisa se mantenía rígida, ahogando, por algún motivo que yo entonces no alcanzaba a adivinar, su agobiante necesidad de hablar siempre, en cualquier momento y situación. Pero el tenso silencio que impuso durante el trayecto no parecía incomodar a Bene. En realidad, creo que ésta la ignoraba o, más bien, pienso ahora, fingía ignorarla. Ya entonces presentí que existía entre ambas una clara enemistad.

Cuando llegamos a casa, Catalina nos esperaba tras la cancela y nos saludaba con su discreta sonrisa. Tía Elisa se dirigió a ella con aquel tono enérgico con que solía hablar a las criadas:

–¿Ha venido el señorito?

–Acaba de llegar –respondió solícita aquella vieja mujer que se había ocupado de llevar la casa desde la muerte de nuestra madre. Después saludó con timidez a Bene, que se rezagaba más y más para contemplar cuanto la rodeaba. Caminaba despacio, volviéndose en todas direcciones y haciendo comentarios sobre la casa que incluso a mí, que era sólo una niña, me parecieron improcedentes. Parecía entrar como la nueva dueña y no como una sirvienta. Hizo proyectos para pintar la fachada, pues, según decía, los desconchados y humedades que se apreciaban en ella se multiplicarían con el mal tiempo del invierno. Asimismo decidió rehacer el jardín y sembrar las zonas desatendidas de éste y también la explanada rectangular en que se había ido convirtiendo el campo de tenis, abandonado desde la muerte de nuestra madre, hacía ya diez años. Elogió después la amplitud de las ventanas explicando que necesitaba mucha luz para trabajar y para vivir. Creo que tía Elisa no estaba preparada para responder a una actitud semejante. Se limitó a interrumpirla, desconcertada y colérica, diciéndole:

–¿No puedes andar más deprisa? ¡Y sin moverte tanto!

Y es que en Bene destacaba la gracia enorme de sus ademanes y de los movimientos de su cuerpo al caminar. No era guapa, pero su rostro parecía conmovido por algo indefinible: una vaga tristeza, un estremecimiento, un destello de ternura... Era algo tan inaprehensible como una sombra. No tenía apenas equipaje, aunque lucía un vestido muy elegante sobre el que tía Elisa más tarde, en su ausencia, al escuchar los elogios de Catalina, comentó con desprecio:

–¡Sabrá Dios quién se lo habrá regalado y lo que la desgraciada habrá tenido que dar a cambio!

Enseguida le ordenó que se lo cambiara por aquel otro de listas grises y blancas, su uniforme, con el que siempre se vistió en esta casa.

Recuerdo que me molestaba enormemente el tono con

que tía Elisa solía referirse a Bene. En realidad creo que me incomodaba cualquier opinión que ella aventurase sobre alguien o algo que yo acabara de conocer. Pues, no sé cómo, sus palabras siempre estaban en medio, entorpeciendo mi visión sobre cualquier persona o cosa que llegara a esta casa. Aquella vez le dije irritada:

–Si no te gusta Bene, ¿por qué la traes?

–¡No seas tan descarada, Ángela! –me respondió.

–Pero ¿por qué la has traído? –insistí.

–Eso pregúntaselo a tu padre –me contestó mientras se alejaba.

Y cuando, poco después, observé a mi padre saludando a Bene, no comprendí sus palabras. Pues para mí era evidente que él acababa de conocerla en aquel mismo instante. Se acercó a ella pronunciando su nombre junto con unas pocas palabras de bienvenida. Y pensé que Bene también le descubría a él por primera vez. Me sorprendió ver que ella perdía su aplomo habitual. Se quedó muy quieta, frente a él, mirándole con asombro y admiración. Incluso olvidó estrechar la mano que él le tendía. Aquel encuentro lo presencié yo sola y, no sé por qué, consideré que debía mantenerlo en secreto.

De alguna manera, la actitud de Bene me pareció natural tratándose de mi padre, tan atractivo, de quien tantas mujeres se enamoraban, como decía tía Elisa. Pero a mí me dolió que él mostrara tanta indiferencia ante la muchacha. Ni siquiera advirtió su turbación, al menos eso pensé yo al ver que cogía unas cartas que había sobre la mesa y se alejaba abriéndolas, sin despedirse de nosotras. Entonces sentí lástima de Bene. Percibí en ella un desamparo absoluto e, involuntariamente, vino a mi memoria la diminuta choza en la que habitaban sus familiares, es decir, su abuelo y su hermana Juana. De pronto se me ocurrió cogerla de la mano e invitarla a conocer la torre, mi lugar predilecto en la casa. Tiré de ella como si deseara hacerle olvidar aquel encuentro con mi padre. Mientras subíamos la escalera, le explicaba cuánto me gustaba escuchar desde allí arriba los silbidos del viento y el temblor que éste producía en los cristales de las ventanas. Y también cómo solía refugiarme allí siempre que me sentía triste o contrariada y cómo nos reuníamos en aquella habitación Santiago y yo cuando teníamos algo secreto que contarnos o deseábamos sentirnos lejos de los demás. Cuántas veces habíamos escuchado desde aquel silencio el sonido de los truenos y habíamos contemplado atemorizados los rayos que nos amenazaban desde el cielo. Con frecuencia oíamos, en noches de calma, sonidos extraños. A veces parecían gemidos y a veces tranquilos murmullos que mi hermano atribuía, asustándome deliberadamente, a rumores de seres desconocidos, moradores de otro espacio, o a espíritus desencarnados que vagaban perdidos por la tierra.

Al abrir la puerta de aquel cuarto, temí que se decepcionara ante el vaho de humedad que se desprendía de su interior. En él se distribuían, sin ningún concierto, una cama turca, una mesa muy grande, varios sillones de mimbre y un gran armario. Una alfombra cubría todo el suelo y parecía no haber sido nunca pisada. Había también objetos de adorno colocados de manera arbitraria, como si hubieran sido dejados allí provisionalmente. Después de un largo silencio, durante el que ella no hizo ningún comentario, como yo esperaba, le dije confidencialmente y con tristeza que ya siempre subía yo sola. Pues Santiago, en aquel tiempo, solía tratarme como si fuera una niña pequeña. Se había alejado de mí, creyéndose ya un hombre y menospreciando toda complicidad conmigo. Y me pareció entonces, de pronto, que Bene ya no me escuchaba. Se había detenido ante una de las ventanas y miraba hacia el exterior, hacia la noche. Se volvió lentamente, como si se sintiera muy cansada, sus ojos vagaron perdidos de un lado a otro, hasta que se fijaron en mí con extrañeza, como si nunca me hubiera visto.

–Tenemos que bajar, es tarde –dijo con aspereza.

Por un instante sentí miedo ante la frialdad de su mirada. De repente aquella habitación que, a pesar de su desorden, siempre había sido para mí un lugar acogedor, se volvió hostil y la luz de su única lámpara me pareció tenebrosa.

Sin embargo cuando, poco después, salíamos a la escalera de mármol que nos separaba del resto de la casa y la miré con temor, la vi animada de nuevo, sin aquella expresión mortal en su rostro. Me pareció entonces que lo que había ocurrido era algo así como si la vida la hubiera abandonado por unos instantes, dejando en ella un vacío de muerte. Deseé con todas mis fuerzas borrar de mi memoria aquel momento inexplicable y continué hablando como si nada hubiera sucedido.

Bene había recobrado su desenvoltura habitual.

–Se está muy bien en la torre. Subiremos otro día con más tiempo, ¿quieres? –dijo.

La idea me entusiasmó y así se lo manifesté. Después le dije:

–Antes, cuando era pequeña, Santiago me contaba muchos cuentos allí arriba. A veces no sabía cómo terminarlos y me dejaba sin enterarme del final. ¡Me daba una rabia...! También nos contábamos los sueños. ¿Tú sueñas mucho?

–Sí, muchísimo –me respondió.

–¿Me contarás tus sueños?

–No sé –dijo desconcertada–. No son muy agradables.

–¿Por qué?

–Siempre me pasan cosas malas.

Nunca llegó Bene a contarme sus sueños. Cuando alguna vez le pregunté, me respondió que no recordaba ninguno en aquel momento. En cambio tú, Santiago, que ya apenas si me hablabas, me llamaste un día para comunicarme que habías soñado con Bene. Recuerdo cómo la conociste. Fue mientras ella servía la mesa. Era su primera noche en casa y papá, cosa extraña, cenaba con nosotros. A nadie se le ocurrió presentaros, ni siquiera a mí. Después, cuando te levantaste de la mesa, yo te seguí hasta tu dormitorio. Estaba impaciente por conocer tu opinión sobre ella. Pero tú te limitaste a comentar con indiferencia:

–No es guapa.

–¡Bueno y qué! –recuerdo que te respondí ofendida. Y enseguida comencé una fantástica descripción de ella para ti. A medida que veía tu rostro impresionado por mis palabras, aventuraba en boca de la muchacha, con descaro, comentarios que nunca hizo, respuestas que ella jamás hubiera dado. Incluso llegué a inventar anécdotas de su vida que pudieran interesarte. Quería obligarte a apreciarla. Quizás porque era la hermana de Juana o porque desde un principio la consideré amiga mía. O es posible, pienso ahora, que yo deseara atraerte de nuevo hacia mí. Pues me habías dejado tan sola... Por eso no puedes imaginar cómo me sorprendiste aquella noche que me esperaste a la salida del comedor para contarme lo que habías soñado. No sucedía nada especial. Bene se mecía en un columpio, el nuestro, ese que aún cuelga, detrás de la casa, de la rama de un viejo árbol. Tú te acercabas a ella como atraído por un hechizo fatal. Llevaba un vestido muy largo que arrastraba por el suelo. Decías que sus ojos, fijos en ti, emanaban una intensa dulzura. Y cuando te pregunté si era idéntica a la de la realidad, me respondiste que sí, pero que, sin embargo, había en la del sueño algo diferente. Entonces guardaste silencio.

–Sí, ahora recuerdo –continuaste–. Su vestido largo era muy suave y se movía con el viento de una manera extraña, pues no tenía pies. Creo que era eso lo que me daba tanto miedo.

–No me has dicho que te habías asustado –te dije con una reticencia que tú no captaste. Y por eso supe que no me estabas mintiendo, ni modificando tu sueño con detalles improvisados, como tantas otras veces.

–¿No te lo he dicho? –me respondiste con preocupación–. Pues era lo más desconcertante. Porque Bene parece tan dulce y tan buena...

Creo que sólo tía Elisa dudaba de la bondad de Bene o, más bien, estaba convencida de su maldad. Merodeaba por la casa tras ella, observándola vigilante, acechando como un cuervo sus movimientos, sus escasas palabras, sus miradas... A veces se retiraba a su habitación y parecía olvidarla, como si se aburriera de no descubrir nada sospechoso en su conducta. Bene cantaba mientras barría, fregaba, extendía las sábanas de las camas... Yo aprendí algunas de sus canciones. Eran muy alegres y con frecuencia me unía a ella formando un dúo que irritaba a tía Elisa.

–¡Qué escándalo! –dijo una vez desde lejos ordenándonos silencio mientras se acercaba–. Parece música de cabaret –añadió.

El desprecio que se traslucía en sus palabras enojó a Bene y, por primera vez, respondió la muchacha a sus insultos:

–¿Conoce usted bien la música de cabaret?

Creo que fue el tono de su voz, el retintín, la sonrisa burlona, lo que encolerizó a tía Elisa de aquella manera. Yo tuve la impresión de que su cabello, corto y rizado, se erizaba en su cabeza. Sus ojos parecían haber enloquecido y, sin embargo, su voz era contenida, incluso podría parecer indiferente para quien no observara su rostro mientras decía:

–Antes de un mes te has ido de esta casa. ¡Entérate bien!

Recuerdo que Bene, con sus brazos en jarras, le respondió abriendo desmesuradamente la boca:

–¡Ja!

Y aquella exclamación fugaz no recibió contestación alguna.

A mí me indignaba la actitud de mi tía, siempre reticente y suspicaz. A veces parecía conmovida por un odio extraño que me hacía pensar en la existencia de algo que yo desconocía, algo muy grave que pertenecía al pasado de Bene. Aquella sospecha despertó mi curiosidad y trajo a mis días, siempre monótonos, una intensidad nueva.

Una mañana doña Rosaura, tan estricta y puntual, llegó tarde a la clase. Recuerdo que no di importancia a aquella anomalía, a pesar de que volvió a repetirse al día siguiente y al otro. No se me ocurrió pensar que semejante retraso pudiera tener algún motivo. Pero una vez, cansada de esperar en mi habitación con los ojos fijos en un libro abierto y la mente en blanco, salí al pasillo. Escuché entonces un rumor de voces temerosas que venían del cuarto de estar. Me acerqué con sigilo, y un impulso mecánico me obligó a detenerme, junto al vano de la puerta entornada. Era mi profesora la que hablaba a media voz con tía Elisa. Doña Rosaura, casi vieja, tan mayor como mi tía, no solía interesarse por los chismes que corrían por la ciudad, entonces sólo un pueblo grande. Era una mujer serena y bondadosa. Jamás mostró malevolencia alguna hacia los otros. Quizás por eso me impresionaron tanto las palabras que pude escuchar de aquella conversación que ellas mantenían creyéndose a solas:

–No puedo creer en semejantes supersticiones –decía tía Elisa irritada.

–Pues yo sí –respondía mi profesora en voz muy baja pero decidida–. Vigílela de cerca, algo notará usted.

–¡Tonterías! Esas cosas existen, naturalmente, pero no suceden así como así. Es una fulana. Eso es todo lo que le pasa. No hay más que ver cómo mira a Enrique mientras sirve la mesa. ¡Qué vergüenza!

–¿Por qué no habla usted con él?

–¡Imposible! Se la recomendó un buen amigo. Y, además, dice que no está dispuesto a dejar a esa desgraciada en la calle. Es la clase de mujer que él frecuenta desde la muerte de mi pobre hermana.

–Pero aún no ha pasado nada con él, ¿no?

–Podría pasar en cualquier momento. A Enrique nada le importa, ni siquiera el mal ejemplo que puedan recibir sus hijos.

–Le repito que eso no sería lo peor. El mal que arrastra Bene no es de este mundo. Tenga cuidado, doña Elisa, porque su incredulidad puede ser la puerta abierta que deje entrar en esta casa ese mismo mal.

–No se esfuerce usted. Todos sabemos lo que ha sido y lo que es Bene.

–Si se refiere a su mala vida, de eso no tiene ella la culpa, sino ese gitano infame que tenía por amigo o novio o lo que fuera. Creo que no existe maldad alguna en este mundo que él no hubiera sido capaz de cometer. Él fue el único culpable. Era mucho mayor que ella. ¡Hay hasta quien dice que era su padre!

–De esa gente no me extrañaría nada.

–Pero ni siquiera eso sería lo peor. Él era un demonio y lo sigue siendo. Todavía la tiene hipnotizada. Ella es sólo su víctima.

–¡No diga barbaridades, por Dios! ¡Qué imaginación la suya! Ante un caso tan horroroso, aún tiene usted que inventar males sobrenaturales.

–Hay cosas peores, mucho peores, que las que está usted pensando, doña Elisa. Ya se lo he dicho muchas veces.

Hubo entonces un silencio en el que yo imaginé, casi vi, un ademán despreciativo en el rostro de mi tía. De pronto escuché el chirriar de los goznes de una puerta, un crujir de cestas y un rumor de pasos que se me acercaban. Salí corriendo a encerrarme en mi habitación. No quería que Catalina, pues era ella la que llegaba, me sorprendiera escondida, como una ladrona, robando una información que me pertenecía más que a nadie. Pues estaba convencida de que era yo quien más apreciaba a Bene en la casa. Pensé que debí haber tomado la iniciativa y preguntar, obligarlas a esclarecerme todas aquellas oscuridades con las que envolvían la figura de la muchacha. Aunque sabía muy bien que ellas sólo me darían las respuestas que consideraran adecuadas para una niña, es decir, que tergiversarían cuanto creían saber. Claro que aquellas cosas, terribles y extrañas, que les había oído decir me impresionaron de tal manera que ya nunca, en ningún momento, podría olvidarme de ellas.

La palabra «gitano» despertaba en mí imágenes atroces. Me evocaba inevitablemente sufrimientos y peligros. Yo apenas los conocía y, aparte de aquellos que pasaban errabundos por la carretera, reunidos en grupos numerosos y conduciendo sus carromatos, sólo había visto a uno que corría una noche junto a la tapia lateral de nuestra casa. Unos guardias civiles le perseguían disparándole desde lejos. Me quedé temblando en la oscuridad y nunca supe si las balas le alcanzaron o no. Decían que por allí pasaban los contrabandistas que atravesaban clandestinamente la frontera con Portugal. Pensé que él sería uno de ellos. Pero la imagen más dolorosa era otra que yo nunca había visto, sólo la había escuchado. Eran gitanos adolescentes, casi niños, colgados del techo de una comisaría, por los pies, con la cabeza hacia abajo y el cuerpo sangrando por espantosos castigos que yo no me atrevía a imaginar. Y ese horror que yo nunca presencié se convirtió para mí en una de las pesadillas más constantes de mi vida. Claro que, al mismo tiempo, sentía ante ellos un miedo cerval, como si sólo pudieran hacer daños impensables a los que no éramos de los suyos.

Los estrechos vínculos que Bene tenía con los gitanos redoblaban mi interés por ella. Y desde que escuché aquella conversación me dediqué con ahínco a vagar por la casa haciéndome la encontradiza con la muchacha.

No cejaba en mi empeño de vigilarla, a pesar de lo difícil que resultaba mantenerse alerta en medio de aquella grisura con que las horas iban y venían entre nosotros. Sabía, además, que aquel algo terrible a lo que doña Rosaura se había referido existía de verdad. Ella no era capaz de mentir intencionadamente y, por otra parte, carecía por completo de imaginación para fantasear sobre cualquier dato real. Era una mujer parca en palabras. Su lenguaje parecía destinado sólo a nombrar lo obvio: «Hace calor»,

«Ya es tarde», «Está lloviendo», «Has estudiado muy poco», «Hoy hace más frío que ayer» eran las frases que solía dirigirme fuera de sus densas lecciones. Quizás por ello mi creencia en sus afirmaciones era total, sin sombra de dudas. Aunque observando a Bene, tan alegre, mostrándome tanta ternura, no podía concebir que anidara en ella algo tan terrible como insinuaban las palabras y las voces temerosas de aquellas mujeres. Y, sin embargo, de pronto, mientras la observaba planchando con diligencia o entregada plácidamente a cualquier otro quehacer cotidiano, vacía de pensamientos malévolos, cruzaba mi memoria, fugaz como un rayo, como un chispazo que prendía fuego en mi cabeza, la imagen de un rostro suyo, frío como la muerte, que yo misma había contemplado y que de ninguna manera podía pertenecer a la muchacha vivaz que se movía por la casa. Y aquella figura suya y tenebrosa, recortada sobre el negro de la noche, en la que ella se había transfigurado durante breves instantes, allí arriba, en la torre, se convirtió para mí en el testimonio de que aquel espanto que se le atribuía existía realmente. Sin embargo, fuera lo que fuese aquello, yo estaba decidida a encontrar una disculpa para ella. Aunque, al mismo tiempo, una vaga desconfianza, un amago de distancia inexplicable, comenzó a ensombrecer mi relación con la muchacha. Todo empezó el día en que, a petición de Santiago, fuimos por primera vez de excursión a los eucaliptos, como cuando éramos niños.

Recuerdo que la noche anterior a nuestra salida había llovido mucho. Hundíamos nuestros pies en el barro siguiendo el curso del río. Caminábamos uno tras otro. Bene, en el medio, se entretenía pisando las huellas de Santiago que avanzaba solitario, como si nos hubiera olvidado. Yo me sentía cansada y tenía la impresión de que la excursión no había empezado todavía, a pesar de que ya estábamos llegando a los eucaliptos. De pronto, mi hermano se volvió para ofrecerse a llevar la cesta de la merienda, como si hasta aquel momento no hubiera reparado en ella. Cuando al fin llegamos, ya se estaba poniendo el sol tras el cerro que, desde allí, ocultaba nuestra casa. Bene extendió un mantel, planchado y limpio, sobre los terrones del suelo, todavía humedecidos. Después sacó de la cesta una sopera blanca y la destapó. Entonces sonó algo que no lograba ser una carcajada. Era Santiago que trataba de hacerse el hombrecito.

–Sólo a Bene se le podía ocurrir traer natillas al campo –dijo con soltura y con cierto paternalismo hacia la muchacha.

A mí me produjo una molesta extrañeza, pues, en aquel instante, me pareció un hombre y no mi hermano de siempre. Ella seguía sacando de la cesta platos de postre, cucharillas, galletas, chocolate... Cuando empezamos a merendar ya era casi de noche. La luz cenicienta de aquellos momentos iluminaba el rostro de la muchacha, enmarcado en un pañuelo rojo, bajo el que había recogido su pelo negro y rizado. Guardaba silencio, pero sus ojos centelleaban al mirar a Santiago. Y no es que su mirada se agrisara al dirigirla a mí, es que a mí ni siquiera me miraba, como si no hubiera reparado en mi presencia. Parecía que yo no participara realmente en aquella reunión, que había esperado con tanto entusiasmo. Pero al fin, en el camino de regreso, tuvieron que atenderme los dos. Tropecé y caí al suelo sin hacerme apenas daño. Entonces un llanto incontenible vino en mi ayuda. Lloré con toda la amargura que había ido acumulando durante la merienda. No sabía qué estaba ocurriendo allí, entre ellos dos, donde no parecía pasar nada. Sólo un silencio tenso y sembrado de comentarios banales. Y, sin embargo, yo intuía que mi malestar no provenía únicamente del olvido que ellos me mostraban mientras intercambiaban miradas largas y cómplices. Había otro motivo, algo turbio, brumoso, que despertaba en mí un sentimiento mezcla de angustia y repugnancia y que sentía como si fuera una morbosa emanación de la muchacha. Aquella desagradable sensación se acentuó en las dos ocasiones en que su rostro, sin justificación aparente alguna, se había tornado sombrío y ausente. De nuevo aquella expresión de muerte que no parecía pertenecerle, como si fuera una espantosa careta impuesta desde el exterior, como si no pudiera surgir del interior de la Bene que yo creía conocer. En aquellos momentos su mirada helada adquiría el poder de convocar a nuestro alrededor un espacio otro, terriblemente vacío y amenazador.

Bene supo enseguida que yo no lloraba por el daño que hubiese podido hacerme en la caída, estoy segura de ello. Pero se acercó a mí y trató de consolarme con ternura. Limpió el barro de mis rodillas con una servilleta y me habló como si yo fuera sólo una niña, con un tono de voz muy diferente del que utilizaba cuando se dirigía a Santiago. Porque él, junto a ella, parecía ya un hombre, con su nueva voz y su nuevo aspecto. Mi hermano propuso con entusiasmo hacer para mí la sillita de la reina. Entrecruzaron sus manos y sus miradas y, además, me ofrecieron un confortable asiento. Y digo «además» porque yo sentí que cualquier cosa referida a mi persona ocupaba para ellos un lugar secundario. Sospeché con rabia que mi lugar en aquel grupo iba a ser ya, definitivamente, el de esperar en un «mientras tanto» interminable.

Pero, no obstante, aquella misma noche pasé yo a ser la protagonista solitaria de algo que ni siquiera hoy sabría decir qué fue realmente. Muchas veces, paralizada por el miedo entre las sábanas de mi cama, había conseguido escapar de las sombras imprecisas, pero malignas, que se tambaleaban por mi habitación, refugiándome junto a Santiago, quien me permitía dormir a su lado. Aquella noche todo parecía reposar en calma. Se había levantado un viento suave y apacible. No se había cortado la luz eléctrica, como con tanta frecuencia solía suceder en esta casa. Del exterior sólo me llegaba un rumor conocido, el de las ramas secas de un rosal arañando mi ventana. Y, sin embargo, me atenazaba un miedo pavoroso que no podía resistir. Salí de mi habitación dispuesta a pedir ayuda a Santiago. El pasillo estaba iluminado por un resplandor que venía del extremo contrario. El dormitorio de Bene tenía la puerta abierta y la luz encendida. Me acerqué lentamente, controlando cada uno de mis pasos para no hacer ningún ruido. En aquel tiempo había aprendido a moverme por la casa como lo haría un auténtico fantasma. Avancé como una autómata, incapaz de retroceder, hacia la luz que Bene tenía encendida. Me lancé abiertamente en el interior del dormitorio de la muchacha, como si hubiera deseado sorprenderla. Pero allí no había nadie y la cama ni siquiera estaba deshecha.

Abrí la puerta de Santiago llena de temores, presintiendo algo oscuro, impreciso. Mi hermano se había quedado dormido con un libro en la mano y la lámpara encendida.

–¿Qué pasa? –dijo con sobresalto al escuchar mi voz.

–Tengo miedo –le respondí, deseando que recordara un tiempo ya pasado en el que yo le despertaba por las noches con esa misma frase. Pero esta vez me respondió fastidiado:

–¿Todavía tienes miedo? ¡Con lo mayor que eres!

–Estoy asustada por Bene. Me parece que le está pasando algo malo en este momento –dije, tratando de justificarme y segura de que aquellas palabras le despertarían de una vez.

–¡¿Qué dices?! –me contestó irritado, pero mostrando al mismo tiempo una gran preocupación.

–Bene no está en su habitación –dije lentamente, como si le notificara algo muy grave.

–¡Qué tontería! –me respondió–. Estará en el cuarto de baño.

–No, no está allí, ni tampoco en el jardín. La he buscado por todas partes, también en la torre. No está en ningún sitio.

–¿Y a ti qué te importa dónde está Bene? –me dijo malhumorado, y después añadió–: Vete ya a dormir y deja de espiarla o te llevarás un susto.

–¿Por qué?

–Por nada, niña. Pareces tonta.

Recuerdo que me hirió su brusquedad y, sin pensarlo mucho, le dije:

–¡Lo que pasa es que estás enamorado de Bene! Por eso te enfadas tanto, porque te preocupa más que a mí saber dónde está.

–No digas más tonterías, anda. A mí no me importa absolutamente nada. Y, además, yo sé dónde está y me da igual.

–¿Sí? ¿Dónde?

–Con papá.

–¡Eres un imbécil! –le grité–. ¡Papá no es como dice tía Elisa!

–¿No? Pues si te atreves, búscala en su cama.

Entonces me marché ofendida, sintiendo un repentino malestar. Y recordé los tacones altos de Bene retumbando en el pasillo aquella misma noche, y a tía Elisa que la detenía muy cerca de la puerta cerrada de nuestro padre.

–¡Dame la bandeja! –le ordenó–. Tú no tienes que entrar para nada en ese dormitorio –le dijo después con su despotismo habitual.

–¡No me diga! –respondió la muchacha, alzando la cabeza y mirándola insolente desde arriba. Fue una escena insignificante y había sucedido en mi presencia, hacía apenas unas dos horas. Recordé también a Bene marchándose airada, sin despedirse, contoneándose sobre unos altísimos tacones que llevaba con asombrosa naturalidad.

A pesar de mi corta edad, podía comprender perfectamente el sentido de aquella prohibición. Ya antes había advertido cómo tía Elisa procuraba alejarla de nuestro padre y cómo la vigilaba si su presencia ante él era inevitable. Ahora me preguntaba con asombro si ella se habría enamorado de él. En realidad yo no sabía de una manera precisa en qué consistía ese sentimiento. Se me aparecía como envuelto en una nebulosa y despertando en quien lo padeciera un impulso desconocido e incontrolable. Era para mí algo misterioso y casi diabólico que, sin embargo, veía nimbado por un aura de inocencia que irresponsabilizaba a los amantes. Y me preguntaba si nuestro padre se habría enamorado también de ella. Me daba cuenta de que apenas le conocía. Solía viajar con frecuencia, tardando a veces en regresar meses enteros. Y no eran las suyas salidas de trabajo, sino de placer, como aseguraba tía Elisa dejando caer sobre la palabra «placer» un peso morboso que a mí me asustaba y, de alguna manera, me atraía. No obstante, se me presentaba como algo sombrío, innecesario, caprichoso. Recuerdo que nuestro padre acostumbraba a tomar bebidas alcohólicas a cualquier hora del día o de la noche. En más de una ocasión, si no podía disimular su estado de embriaguez cuando volvía a casa, se refugiaba en su habitación para que no le descubriéramos. A su manera trataba de mantener una imagen respetable ante nosotros, sus hijos, sin saber que eso tía Elisa no lo iba a permitir. Ahora, intentando ser benévola con su recuerdo, como es costumbre hacer con los que ya han muerto, pienso que quizás sufriera tanto con la muerte de su esposa, nuestra madre, que necesitó crearse refugios y artificios donde apoyarse permanentemente. A veces pienso que le dábamos miedo, pues parecía huir de nosotros. No sabía cómo tratarnos y, mucho menos, cómo educarnos. O quizás fuera sólo la inercia la que se encargó de perpetuar un abandono creado por descuido. Sin embargo, por aquellos días empezó a volver más temprano a casa. Cenaba con nosotros. A mí me parecía un invitado; incluso la mesa se adornaba de una manera festiva. A veces lucían sobre el mantel unas margaritas blancas, otras aparecía una vajilla nueva que nunca se usaba o una delicada jarra de cristal esmerilado. Naturalmente todos veíamos en aquellos detalles la mano y el atrevimiento de Bene. Ella revoloteaba a nuestro alrededor poniendo y retirando platos y fuentes y sonriendo de vez en cuando con sus labios pintados de un rojo intenso.

A pesar de ello me negaba a creer en la afirmación de Santiago. Sospechaba que me había mentido para que le dejara dormir y porque, como ya sabía, disfrutaba asustándome. Entré en mi habitación decidida a dormir y a olvidarme de aquella aventura sin sentido. Quería convencerme de que Bene estaría sola, dando un paseo por el jardín o por cualquier otra parte, como se suele hacer cuando se sufre de insomnio. No encendí la luz y, en medio de la oscuridad, un impulso mecánico me llevó hasta la ventana. Hice un hueco en el cristal limpiando con la mano el vaho que lo enturbiaba. Fuera no había nadie. Sólo un silencio denso, profundo, que parecía surgido de las entrañas mismas de la tierra. De pronto, como una sombra más, recortada en la claridad de la luna, descubrí a un hombre mirando hacia adentro. Mantenía, por detrás de la cancela, la misma rígida quietud de las cosas inanimadas. Pensé en el gitano, el novio de Bene. Supe que era él. No podía distinguir en la noche el color de su piel ni los rasgos de su cara. Pero que era el gitano fue para mí como una revelación instantánea, de la que no podía dudar. Vestía una camisa blanca y unos pantalones oscuros, y nada más le defendía del frío de la noche. Parecía un hombre mayor y cansado, sus brazos le caían a lo largo del cuerpo como si los hubiera abandonado. Y, sin embargo, a pesar de las apariencias, supe al mismo tiempo que aquello no era exactamente un hombre, sino otra cosa, algo impensable que yo no podía nombrar con palabra alguna. Le observaba paralizada tras los cristales, sin atreverme a hacer el menor movimiento. Pensé de nuevo en la desaparición de Bene. ¿Estaría ya en su habitación? Seguramente habían estado juntos. Ésa era la única explicación de su ausencia. Decidí asomarme al pasillo para averiguar si su lámpara ya estaba apagada. Pero continué allí clavada sin poder moverme. No podía apartar mi mirada del gitano y del espacio que le rodeaba, convertido con su presencia en escenario sombrío y fantasmal y del que, estaba segura, acababa de salir Bene. Esperaba que él se retirara de un momento a otro. Pero él no parecía venir de ninguna parte ni tampoco ir hacia ningún lugar. Era como si la tierra, misteriosamente, se hubiera abierto para permitirle emerger y fijarse allí, como si fuera un vegetal. No sé cuánto tiempo esperé tras la ventana, agarrotada por un miedo insoportable, atrapada por aquella visión inmutable que yo relacionaba íntimamente con la muchacha.

Al fin logré retirarme de los cristales. Me fui acercando lentamente a la puerta, soportando sobre mí el peso atroz de la mirada del gitano. Sentía que él me vigilaba a mí, a pesar de las paredes y de la oscuridad de mi dormitorio. De pronto distinguí en el pasillo un rumor de pasos cautelosos que se me acercaban. Era Santiago. Le reconocí enseguida. Abrió la puerta con sigilo y me habló en voz muy baja. No escuché sus palabras, sino que me abracé fuertemente a él, casi enloquecida, sintiéndome ya salvada.

–¿Qué te pasa? –me preguntó alarmado–. ¡Estás temblando! –añadió. Como respuesta le empujé hacia la ventana.

–¡Mira! –le dije señalando la cancela.

–¿Qué quieres que mire?

–¡Estaba allí! ¡El gitano! ¡El novio de Bene! –grité decepcionada al ver que ya había desaparecido.

–¿No estarás soñando? –me dijo con asombro. Después cerró los postigos y encendió una lámpara.

–Bene no tiene novio. Me lo ha dicho ella –añadió. Enseguida se dedicó por entero a tranquilizarme. Creo que no le costó mucho conseguirlo. Cuando se marchó, yo ya me había dormido. Le prometí que no le diría nada a tía Elisa, ni a nadie, sobre la ausencia de Bene. Pues Santiago había venido precisamente a eso, a protegerla, y yo, en aquellos momentos, después de conocer esa presencia que parecía estar esperándola, decidí ayudarla por encima de cualquier obstáculo.

Al día siguiente corrí por toda la casa de un lado a otro. Sentía la necesidad de mirar a Bene, como si su imagen fuera un espejo que pudiera reflejar, iluminándolas, todas aquellas oscuridades que la acompañaban. Pero la encontré en el lavadero con las mangas remangadas y las manos enrojecidas por el frío del agua y la cáustica del jabón. Era, en aquel trance, una mujer terrenal, sin secretos, entregada de lleno a un quehacer cualquiera. Me saludó con una sonrisa franca, sin dejar de cantar ya a una hora tan temprana. Exhibía una vitalidad y alegría imposibles para quien ha pasado la noche en vela, entregada a oscuras intensidades que yo no lograba adivinar. Recuerdo que entonces le dije:

–¿Has dormido bien?

Suponía, no sé por qué, que aquella frase dejaría traslucir mis pensamientos: «lo sé todo», «le he conocido a él y tú sabes que yo lo sé». Pero era evidente que aquellas certezas mías no llegaban a la muchacha.

Más tarde, al terminar las clases, salí al jardín. Sabía que Juana solía pasar a esas horas por allí camino de la ciudad. Esperaba que ella pudiera aclararme algo sobre su hermana. La aguardaba con mi cabeza encajada entre dos barrotes de la cancela, mirando cautelosamente a mi alrededor por si hubiera quedado alguna huella de la visita nocturna que yo había descubierto. Pero, naturalmente, no había nada. Al fin vi a Juana que se acercaba muy despacio, entreteniéndose en coger no sé qué cosas del suelo. Por suerte venía sola. Le hice una señal alegre con la mano y ella se dirigió hacia mí, muy seria, sin responder a mi sonrisa ni a mi saludo. Vestía una especie de *baby* colegial verde opaco y una vieja cesta colgaba de su brazo.

–¿Adónde vas? –le pregunté, sabiendo muy bien que iba a la ciudad para buscar comida y ropa de puerta en puerta.

–A un recado –me respondió ella secamente, mientras se detenía al otro lado de la cancela y me miraba interrogante con sus ojos pequeños y tristes. A través de aquellos barrotes negros se reflejaba en su rostro todo el desamparo de un preso. Aquella niña, abandonada a un mundo en el que todo le estaba prohibido, fue para mí, durante mucho tiempo, la imagen viva del dolor. La recuerdo siempre cansada, mirándome fija, ensimismada. Ni siquiera le estaba permitido lucir su propio cabello. Yo era su única amiga y, a veces, me esperaba cantando una canción, como señal de su presencia, o asomando su cabeza rapada por los triángulos que dibujaban los ladrillos en la balaustrada.

–¿Qué quieres? –me preguntó.

–Nada en especial. ¿Podemos hablar un rato?

–Tengo muchas cosas que hacer.

–Es sólo un ratito –le insistí.

–¿De qué quieres hablar? –me preguntó ella con desgana.

–No sé... ¿Vas a venir a ver a Bene?

Juana se encogió de hombros ante mi pregunta, fingiendo una indiferencia que no sentía. Parecía ofendida y, sin embargo, al oír el nombre de su hermana casi sonrió.

–¿Estás mucho con ella?

–Sí –le respondí temerosa, sabiendo que podía herirla. Pues era precisamente eso, estar con Bene, lo que ella más había deseado en los últimos años. Recordé entonces todos aquellos sueños que ella había ido fabulando en voz alta, ante mí, y que tan ligados estaban al regreso de su hermana. Ahora se habían destruido. Ya no podía esperar que la llevara a un colegio, ni tener esas amigas que, según decía, me iba a presentar a mí, para que yo no estuviera tan sola. Tampoco podría llevar preciosos vestidos, ni dejar que su pelo le creciera hasta la cintura. Parecía enfadada conmigo, como si, de alguna manera, también yo fuera culpable de haber roto sus esperanzas. Quise entonces distraerla de sus pensamientos y le pregunté:

–¿Quieres que juguemos a algo?

–Me da igual. Hoy me da todo igual –me respondió.

–¿Por qué hoy? ¿Te ha pasado algo?

–No. Nada. Pero es así. Mañana no sé cómo será.

La sentía huraña, lejana, más antipática que nunca. Pero, de pronto, le lancé la pregunta que, desde el principio, deseaba hacerle:

–¿Conoces al novio de Bene? –dije, rompiendo aquel absurdo protocolo en el que nos estábamos enredando.

–Mi hermana no tiene novio –me respondió.

–Pues yo he oído decir que sí. Y, además, que es gitano.

–Pero ya no lo tiene.

–¿Se han enfadado?

Juana guardó silencio y, enseguida, con una expresión enigmática, me dijo:

–No.

–¿Tú le conoces? –insistí.

–Sí.

–¿Cómo es?

–Era muy guapo. Y también muy malo.

–¿Por qué? ¿Le pegaba?

–No. Le hacía cosas peores.

–¿Qué cosas?

Recuerdo que le hice esta pregunta alarmada y que me indigné cuando ella, en vez de responderme, se echó a reír y me dijo:

–No puedo contártelas. A ti no.

Entonces le grité:

–¡Pareces una vieja!

Al menos eso veía yo en aquellos momentos en sus ademanes y en su sonrisa llena de sobrentendidos que, poco a poco, se fue convirtiendo en una escandalosa carcajada, que yo, bruscamente, corté diciendo:

–Anoche vino a verla, ¿sabes? Yo le vi. Era gitano y llevaba una camisa blanca y unos pantalones negros.

Al escuchar mis palabras, enmudeció. Su rostro adquirió una tensa rigidez y, después de unos instantes, me gritó mirándome sobresaltada:

–¡Eso es mentira! ¡Me estás mintiendo! ¡Tú no le has visto!

–¡Sí, le he visto! ¡Estaba ahí, detrás de la cancela, donde tú estás ahora mismo!

Entonces, acercándose a mí y mostrándome al fin su rostro amigo, me dijo:

–Él se vestía de esa manera. Pero tú no has podido verle, porque está muerto. Se ahorcó este verano.

No sé qué se reflejaría en mi rostro para que Juana cogiera mi mano con toda su ternura, que era mucha, y apretándola me dijera:

–No te asustes. No le va a pasar nada a nadie. Yo te protegeré.

Yo me quedé mirándola asombrada, sin poder decirle nada y esperando de aquella niña frágil, indefensa, la explicación imposible de lo que a mí me parecía un misterio innegable y en el que ella, lo supe enseguida, también creía.

–¿Quieres que te cuente un secreto?

No pude responderle tampoco a estas palabras, pero naturalmente que quería conocer su secreto. Ella, que debió de leer tal deseo en mis ojos, continuó:

–Mi hermana no es como los demás. Pero júrame que no le contarás a nadie lo que te voy a decir. ¡Anda!, ¡júramelo!

Y esperó hasta que yo hice ante ella un solemne juramento.

–Por las noches –continuó– los ojos de Bene se convierten en otra cosa. Yo los he visto y me parece que se hacen de cristal. Pero es un cristal de otro mundo. Con ellos lo puede ver todo, hasta las cosas invisibles. Me lo ha dicho ella, ¿sabes? Y también me dijo que, algunas veces, ve cosas de las que no se puede hablar.

–¿Tú has estado con ella cuando le pasa eso?

–Sólo una vez. Y me dio tanto miedo que salí corriendo por el campo hasta el río y allí me quedé toda la noche.

–Y yo, ¿puedo verla así también?

–Me parece que no. Sólo deja que la vean de esa forma los hombres, y yo, porque soy su hermana.

–¿También dejará a Santiago?

–No. Santiago no es todavía un hombre –me respondió con la obvia intención de tranquilizarme y mostrando al mismo tiempo cierto desprecio hacia mi hermano.

Cuando Juana me hablaba de aquella manera, con su voz persuasiva y con todo su cuerpo y su rostro en tensión, mostrándome una intensidad que me contagiaba y que daba vida a las fantasías que iba creando, fueran cuales fueran, en mí no surgía la más leve duda sobre lo que ella quería hacerme creer. Pero después, cuando desaparecía en la lejanía y yo me retiraba sola de la cancela, otro fantasma, el de la sensatez, me atrapaba, como si sólo la realidad declarada por una mayoría pudiera ser válida. Esta vez se me apareció en forma de sospecha. Sí, el culpable podía ser Santiago, ¿por qué no?

¿Acaso no pudiste ser tú, Santiago, el que representara para mí el papel de un aparecido? No te hubiera resultado muy difícil, escondido en la lejanía, apoyado por ese terror mío de siempre que tú tan bien conocías. Recuerdo aquellas figuras lóbregas que tú me mostrabas interpretándolas para mí. Buscabas para ello escenarios aislados, perdidos en la noche, donde nadie pudiera socorrerme. Aún no he olvidado aquella vez que caminabas decidido delante de mí, conduciéndome a tu juego tenebroso y con el absurdo aliciente de sorprender a un topo en su agujero. Lo que no puedo recordar son las persuasivas palabras que utilizarías para que yo te siguiera en la noche por toda la huerta, entre las cenicientas matas de alcachofas que bordeaban el camino. Y fue ya casi en la alambrada cuando te volviste de repente, mirándome con ojos enloquecidos y abriendo tu boca hasta desfigurarte y convertirte en una bestia infernal ante mis ojos. Lucías unos largos colmillos de vampiro, salidos de tu propia artesanía y destinados a la representación que me dedicabas. Nadie escuchó mi grito de horror, ni siquiera tú, que enseguida te alejaste indiferente, volviéndome la espalda y abandonándome a la duda sobre tu verdadera identidad. Pero aquella ligera esperanza de que tú pudieras ahora jugar a aparecerte desde la cancela se desvaneció enseguida. De alguna manera, yo supe desde el principio que aquel hilo no había sido movido por tus manos, sino por otras incomparablemente más poderosas y que yo nunca supe cómo llamar.

Santiago y yo habíamos sido durante mucho tiempo «los niños». Nuestra orfandad provocaba en las mujeres que nos rodeaban, incluso en tía Elisa, un sentimiento protector. La mayoría de nuestros caprichos eran atendidos con prontitud. Y recuerdo que nuestro mayor deseo era salir de la casa. Visitábamos la ciudad, alguna rara vez íbamos al cine, asistíamos a las ferias y, sobre todo, nos llevaban de excursión a los campos cercanos. Ahora habíamos crecido y aún nos seguían llamando «los niños». Santiago iba al colegio, pero yo seguía llevando la misma vida de siempre. Claro que ahora era Bene quien programaba y guiaba nuestras salidas. Y, según parecía, sólo le interesaba un lugar: los eucaliptos. Nuestras excursiones en nada se asemejaban ya a aquellas otras, luminosas y alegres, en las que nos entregábamos a inocentes ocupaciones. Con Bene todo se había hecho diferente. Santiago, por su parte, dirigía su propio juego, en solitario, ajeno a la indiferencia con que la muchacha respondía a sus gestos y palabras de admiración, a pesar de exhibir ante él una coquetería mecánica y que quizás fuera la mejor de sus representaciones. Pero yo, como no tenía cabida en aquella relación, me limitaba a observarles y veía cómo, por debajo de los detalles de seducción que ella dirigía a mi hermano, se entregaba en cuerpo y alma a otro juego muy diferente. Aún recuerdo con claridad la que fue nuestra última excursión.

Bene se retrasaba, entretenida, como de costumbre, en preparar complicadas meriendas. Llegué a pensar que lo hacía deliberadamente, que tenía un interés especial en que se nos hiciera de noche en los eucaliptos. Pues ella se retrasaba siempre, a pesar de que tía Elisa la reprendía con violencia y le ordenaba regresar al oscurecer. Santiago, impaciente, se entretenía en afilar un palo cualquiera con su navaja. Era evidente que estaba malhumorado. Yo le miraba con impertinencia, sentada junto a él y sabiéndome con pleno derecho a esperar también a la muchacha.

De pronto me preguntó crispado:

–¿Tú vas a venir con nosotros?

Aquello me pareció insultante.

–¡Pues claro! –le respondí. No se me había ocurrido pensar que alguien pudiera cuestionar mi asistencia a tales excursiones.

–Pues no está tan claro –me dijo él–. La verdad es que te aburres con nosotros y, además, no sé por qué tenemos que ir a todas partes juntos.

–Pues si no quieres ir conmigo, ¡quédate tú en casa!

–¡Bah! –me respondió él con su mayor desprecio, y continuó afilando el palo. En aquellos momentos deseé retirarme y dejarles solos, pues sin duda eso era lo que él quería. Pero no lo hice, porque estaba segura de que se cernía sobre mi hermano una amenaza tan confusa como tremenda. Aquella intuición había sido ratificada por Catalina la tarde anterior, cuando le pregunté:

–¿Sabes qué son los sonámbulos?

Ella me miró desconcertada, como si no comprendiera del todo mi pregunta.

–Sí –le aclaré–, los que dicen que se levantan por las noches como si estuvieran despiertos, pero siguen dormidos.

Como tampoco esta vez me respondió, le pregunté:

–¿Tú crees que Bene es sonámbula?

–¿Por qué iba a serlo? –me dijo ella alarmada.

–El otro día pasó por mi lado, a media noche, y ni siquiera me miró. La luz del pasillo estaba encendida y yo me acercaba a ella en dirección contraria. Casi nos tropezamos. Pero ella no me vio, y eso que llevaba los ojos bien abiertos.

–¡Dios mío! –se le escapó a Catalina como un suspiro mientras se santiguaba mecánicamente.

–¿Qué pasa? –le pregunté asustada.

–Nada, niña, pero tú no salgas de tu habitación por las noches. Tienes que dormir bien: si no, te vas a poner enferma.

–Santiago también la ha visto –le mentí con la intención de dar más fuerza a mi afirmación y para provocar en ella alguna reacción descontrolada que pudiera aclararme algo. Pero Catalina se limitó a ordenarme:

–Tú no dejes nunca solo a tu hermano.

–¿Por qué? ¿Hay algún peligro?

Ella no quiso responderme y se marchó después de decirme:

–Hazme caso, niña, y no preguntes tonterías.

Yo ya sabía que «tontería» era la palabra con que Catalina solía nombrar, tratando de exorcizar, aquello que se le apareciera como una amenaza e irremediable. No pude olvidar aquella breve conversación en la que logró transmitirme todos sus temores. Y precisamente por eso, sentada al día siguiente junto a Santiago, guardé silencio, mostrándole con terquedad mi decisión de asistir a la excursión por encima de todo.

Cuando al fin llegó Bene, con su pañuelo rojo en la cabeza y con la cesta de la merienda colgada del brazo, yo fui la primera en iniciar la marcha. Recuerdo que al levantarme me sentí envejecida y cansada, como si hubiera caído sobre mí un peso excesivo. Santiago me siguió con gesto huraño y apenas si habló durante el camino. Se limitó a responder con monosílabos esquivos a las preguntas que Bene le hacía. Se había levantado un viento desapacible y, sin embargo, a ninguno de los tres se nos ocurrió proponer el regreso. Cuando llegamos al río, ya era muy tarde, el sol se había ocultado tras el cerro y nuestra ropa no era suficiente para protegernos del frío del atardecer. Aquel paisaje umbrío no tenía nada que ver con el pañuelo rojo de Bene, ni con sus ademanes risueños, ni con su voz forzada a una alegría que estaba muy lejos de sentir. Me veía arrastrada por aquella marcha que yo misma, tontamente, había creído iniciar y que ahora no me atrevía a interrumpir. Para mí era evidente que aquello había dejado de ser una excursión.

Cuando llegamos a los eucaliptos, Bene parecía no advertir que la noche nos envolvía, que ya no era hora de extender el mantel sobre los terrones del suelo. Pero ella desplegó una vez más todos sus gestos repetidos en las excursiones anteriores.

Santiago se mostró más sensato al decir:

–Creo que es demasiado tarde y hace mucho frío. ¿No sería mejor volver y tomar un bocadillo por el camino?

–¡Después de todo lo que hemos andado! –respondió Bene–. No hay que echarse atrás por tan poca cosa. Sólo hace un viento de nada. ¡A ver si os gusta lo que he traído!

Yo ni siquiera miré los paquetes que ella desenvolvía sobre el mantel. Nos hablaba con esa voz, risueña y franca, que exhibía siempre que quería hacernos ver que no pasaba nada, que vivíamos una escena normal. Santiago, taciturno y ensimismado, guardaba un tenso silencio y parecía hundido en un dolor nuevo para él, del que, sin duda alguna, Bene era la responsable, al menos eso pensaba yo mientras clavaba mi mirada acusadora en la muchacha. Recuerdo que me escocían los ojos por culpa del viento y del esfuerzo que hacía para no pestañear siquiera. Pero ella no pudo advertir la concentración que yo le dedicaba, pues ya entonces estaba entregada a otro asunto que le interesaba mucho más. Y, sin embargo, aún tuvo valor para decir:

–¡Qué bien se come aquí, con este aire tan bueno!

A mí me estremeció escuchar una frase tan sana en un rostro sin vida como era en aquellos momentos el suyo. Pues otra vez se había vaciado su mirada y se había apoderado de ella un gesto helado de muerte que nunca vi en ninguna otra persona. Me volví bruscamente, siguiendo la dirección de su mirada. Las dos vimos lo mismo: era como una sombra transparente con forma humana. Su rostro se borraba en la penumbra, pero reconocí en aquello al gitano, el novio de la muchacha. Su aparición, a varios metros de distancia, apenas duró el tiempo de un parpadeo. Y, sin embargo, presentí con horror que él no se había ido a ningún lugar, que podía estar allí, discretamente alejado de nosotros, aunque yo no le viera. Me bastaba como presagio de su presencia la expresión sin aliento de la muchacha, aquel rostro del que parecía haber quedado suspendido hasta el más leve signo de vida, como si cristalizara en un extraño sueño de encantamiento. Un aullido salvaje y salvador brotó de mi garganta. Recuerdo que Santiago me abrazó alarmado y pronunció mi nombre con desconcierto, interrogándome. Él no había visto nada y jamás, si yo se lo contara, podría llegar a creerme, lo supe entonces. Bene estaba junto a mí jadeando y fingiéndose sobresaltada después de abofetearme con odio, pretextando que era necesario para sacarme de aquel trance. Todavía estoy convencida de que aquellos golpes se los había dictado una momentánea maldad. Yo no había dicho qué me había ocurrido y ella cuidó de no preguntármelo. Ahora sabía que yo había visto y, sin embargo, eso no parecía preocuparla lo más mínimo. Se quedó pensativa, simulando que deseaba ayudarme. Se dirigía a mí suponiendo, en voz alta, algún rasgo enfermizo de mi mente. ¡Qué habilidad desplegó durante el camino de regreso! Se dedicó a consolarme con toda su ternura, aconsejándome y preguntándome.

–¿Duermes bien?

–Sí –le respondí–. Pero poco tiempo. Me gusta levantarme por las noches y pasear. A veces se ven cosas raras, ¿no crees?

Yo trataba ingenuamente de intranquilizarla, pero ella no se daba por aludida.

–Haces muy mal –me respondió con energía–. Por eso tienes los nervios así, destrozados. Pero, bueno, ya pasó todo. Hoy vas a dormir bien y durante toda la noche, ¿me lo prometes?

–No sé –le dije bruscamente y mostrándole mi deseo de acabar con aquella conversación. Pues me indignaba que ella me hablara como si yo fuera una niña pequeña, como si no supiera nada, incluso como si nada hubiera que saber.

Durante el camino de regreso me encerré en un silencio terco, deliberado. Temí que Santiago nunca pudiera llegar a comprender lo que estaba ocurriendo. Ahora nuestra separación era insalvable. Me sentía desoladoramente sola junto a Bene, que me conducía cogida de la mano. Habíamos abandonado el camino y marchábamos campo a través, lejos del curso del río. Tratábamos de encontrar un atajo para llegar antes a casa y escapar de aquella noche, densa y fría, que nos había caído encima. Me entristecía pensar que Santiago pudiera interpretar mis gritos atribuyéndome alguna forma de perturbación mental. Pero ni siquiera podía intentar darle alguna explicación. Pues, en realidad, ¿qué sabía yo? La verdad era que sólo veía y que estaba muy lejos de comprender lo que veía.

Había llegado el momento de abordar a Bene abiertamente, sin testigos, y exigirle una aclaración definitiva. Porque ella sí sabía, de eso yo no tenía ninguna duda. Pero, a partir de aquella tarde, siempre la encontraba compartiendo sus ocupaciones con Catalina. Y, si no era así, o bien no la veía siquiera o aparecía cuando yo no estaba sola. Al fin pudimos vernos frente a frente, sin nadie que nos observara. Pero no fui capaz de articular palabra alguna. Una noche ella entró en mi habitación mientras yo dormía. No sé cuánto tiempo llevaría allí, vigilando mi sueño de cerca. Cuando me desperté, de repente, y la descubrí reclinada sobre mí, quedé paralizada de espanto. Ella se levantó enseguida y salió tan sigilosa como había entrado. Traté de tranquilizarme pensando que, quizás, había venido impulsada por un sentimiento protector. Claro que, al mismo tiempo, sabía que eso no era cierto. Desde la última excursión nuestra relación se había enrarecido extraordinariamente. Ella me esquivaba durante el día y, por las noches, yo no me atrevía a abandonar mi habitación, ni siquiera logré asomarme a la ventana. Con frecuencia esperaba despierta el amanecer desde un largo infierno que, sin embargo, olvidaba con las primeras luces de la mañana.

Un día decidí buscar ayuda en Juana. Me aposté tras la cancela llena de temores; pues si bien ella era mi amiga, también era la hermana de Bene. Además, me había mentido ya tantas veces... Pero si había alguien que supiera algo sobre las actuales relaciones entre Bene y el gitano, era ella, al menos eso creía yo. Claro que también sabía lo difícil que me iba a resultar deslindar, en sus informaciones, lo que pudiera ser real de lo que inevitablemente ella inventaría. Al fin la vi venir. Regresaba de la ciudad y, al descubrirme, se acercó a mí corriendo. Había encontrado unos zapatos muy viejos, de tacón alto, en un charco de agua. Los sacó de su cesta para mostrármelos. Aquello me impacientó, pues yo no comprendía del todo que semejante hallazgo pudiera hacerla tan feliz. Se sentó en el suelo y se calzó con ellos. Después, sujetó con una mano el vuelo de su vestido. Y así, simulando que llevaba una falda estrecha, dio algunos pasos nerviosos por la carretera, hasta que se salió de los zapatos, pues eran enormes para sus pies. Mientras tanto yo la miraba muy seria, sin acompañarla en absoluto en su juego.

–Cuando sea mayor, llevaré siempre tacones –me dijo acercándose de nuevo a mí.

–Yo también –le respondí animada, al verla dispuesta a hablar. Después añadí–: Me gustan mucho los de tu hermana.

–¿Se los pone ahí dentro? –me preguntó extrañada.

–¡Claro! Para eso los tiene. Pero sólo algunas veces.

–¿Cuándo?

Quise entonces responderle que siempre que servía la mesa a la hora de cenar, cuando mi padre podía verla. Pero no dije nada. Me limité a encogerme de hombros dándole a entender que aquella cuestión no me interesaba. Lo cual era cierto, pues yo no había estado esperándola para hablar de cualquier cosa, sino para tratar con ella un asunto muy especial.

–Quiero pedirte una cosa –le dije con gravedad.

–¿Qué es?

Y, al decir esto, cambió bruscamente para concentrar toda su atención en mi respuesta, como si ya intuyera lo que quería de ella.

–Antes tienes que saber algo que es verdad.

–¿Sí? ¿Qué es?

–Que el novio de Bene, el gitano, viene a verla casi todos los días.

–¿No será otro?

–No. Es él. Estoy segura.

–¿De dónde viene?

–Eso no lo puedo saber yo.

–Pero ¿tú le ves?

–¡Claro! Aunque no siempre. Porque no sólo se ven cuando yo les veo.

–¿Y qué hacen cuando tú les ves?

–Nada. Sólo se miran desde lejos.

Entonces Juana se echó a reír, repitiendo mis palabras, burlándose de lo que ella consideraba mi ingenuidad. Después, como si viviera desde siempre familiarizada con semejantes realidades, me dijo:

–¿Que sólo se miran desde lejos? Eso es lo que tú crees.

–Eso es lo que yo veo –protesté.

–No importa lo que veas. La verdad es que no ves nada.

–¿Todavía te parece poco?

–Lo que pasa es que las cosas que ellos hacen son invisibles. Tú no puedes ni imaginarlas.

–¿Estás segura?

–¡Claro!

–¿Por qué lo sabes tú?

–¡Ah, no! Eso sí que no puedo decírtelo.

Entonces sentí deseos de pegarle. Pues Juana se revestía en momentos así, siempre que se negaba a revelarme algo, de una gravedad que me irritaba. Su rostro adquiría un aire trágico. Era como si desde muy lejos se le hubiera impuesto la sagrada obligación de ocultarme algo.

–¡Estás mintiendo! –le grité irritada. No estaba dispuesta a permitirle que me tratara como a una ignorante en un asunto en el que, indudablemente, yo era la protagonista y no ella, pues por más que se empeñara en mostrarse como una autoridad en aquel misterio, la verdad era que ella aún no había visto nada.

–Me da igual lo que tú creas –me respondió con indiferencia, como si pensara en otra cosa, como si aquello no le importara demasiado. Entonces, en un intento de reconciliación, le propuse que nos reuniéramos las dos en el jardín aquella misma noche.

–Quiero que tú también le veas –dije.

Ella guardó silencio, me miró sorprendida, y yo temí que se negara. Pero no fue así.

–Vendré cuando mi abuelo se duerma –me dijo con aire de gran preocupación.

Aquella noche esperé pacientemente hasta que desapareció el último ruido de la casa. Después, cuando el silencio se hizo profundo, salí con sigilo de mi habitación. Era una noche desapacible, había una niebla baja que impregnaba la atmósfera de una humedad pegadiza. Salí al jardín y el aire mojado se agarraba a mi garganta. Juana aún no había llegado. Deseé volver al calor de mi cama y a la relativa seguridad que me proporcionaban los objetos familiares de mi dormitorio. De pronto vi algo que parecía una cabeza ajustada en uno de los triángulos de la balaustrada. ¿Y si no es Juana?, pensé. Recuerdo que temblaba de pies a cabeza y que me detuve sin poder dar un solo paso. No sé qué habría sucedido en aquellos momentos si la cabeza no se hubiera asomado por encima de la tapia y yo no hubiera reconocido en ella a mi amiga. Nos cogimos de la mano y corrimos a buscar un buen escondite. La luna, casi llena, iluminaba el jardín a pesar de la niebla.

–No me gusta estar aquí. –Éstas fueron las primeras palabras de Juana. Yo le hice una señal para que guardara silencio, pero ella continuó–: Creo que a Bene no le va a gustar que la vigilemos.

–Ella no se va a enterar.

–¿Y tú qué sabes?

Me pareció que Juana hablaba para ahuyentar el miedo, pues las dos estábamos temblando y no era sólo por el frío. Nos sentamos en la tierra de un sendero del jardín y nos empapamos con la humedad del suelo. Unas matas de romero nos ocultaban al mismo tiempo de la cancela y de la puerta de la casa. De pronto le pregunté:

–¿Por qué se ahorcó el gitano?

–No sé –me respondió ella desconcertada.

–¿Sufría mucho?

–Ya te he dicho que no sé.

–¿No has oído decir nada?

–He oído mentiras.

–¿Cuáles?

–¿Para qué lo quieres saber, si son mentiras?

–Bueno. Pero ¡dímelas!

–Decían que Bene tenía más novios.

–¿Estás segura de que no era verdad?

–¡Claro que lo estoy! Ella vivía con él en la misma casa. Estaban siempre juntos. ¿Cuándo iba a ver a los otros novios?

–¿Él no trabajaba?

–No. Trabajaba ella.

–¿En qué?

–No sé. Pero ganaba mucho dinero. Tenía bastante para los dos y, algunas veces, también nos mandaba a nosotros.

–Eso es muy raro.

–No, no es raro. A los gitanos no les dan trabajo en ningún sitio.

–Pero ella es medio gitana, ¿no?

–Sí, pero casi no se le nota.

–¿Y por qué crees tú que se mató él?

–No sé. A lo mejor se volvió loco de repente.

–Y el padre de Bene, ¿no la veía nunca?

–De él no sé nada –dijo Juana secamente, dándome a entender que sobre ese tema no podía preguntarle.

–La gente dice que su novio era su padre.

–¡Eso es mentira! –dijo asustada–. La gente es muy mala y odia a los gitanos. Además, a nadie le importa lo que haga mi hermana. Ella es especial.

Juana me ordenó silencio apretando, de pronto, mi mano entre las suyas. Yo sentí que se estaba agarrando a ella y, cuando descubrí a Bene bajando los escalones de la marquesina, comprendí que nos estábamos asomando a un mundo que no nos pertenecía y que encerraba un peligro indescifrable. La noche, iluminada por luces frías y espectrales, parecía envolvernos a ella y a nosotras en un mismo misterio. Estábamos allí, en aquel escenario fantasmagórico, y era inevitable esperar hasta el final. Bene se sentó en un escalón y, apoyándose en una columna, miró hacia arriba. Yo seguí su mirada hacia millones de estrellas que brillaban lejanas y profundas. Después, inclinándose hacia adelante, hundió el rostro entre sus manos. Pensé que quizás estuviera llorando e imaginé que nos había ocultado un insoportable dolor. Cuando se levantó para dar un corto paseo por delante de la casa, tenía la espalda ligeramente encorvada y el desaliento que desprendía su figura parecía formar parte de ella, como si le perteneciera igual que sus piernas, sus manos, su rostro... Entró en la casa sin mirar hacia atrás, sin que pareciera importarle quién llegara hasta la cancela.

–¿Crees que estaba sola? –pregunté a Juana con temor al verla silenciosa y rígida.

–No sé. Sólo la he visto a ella. ¡Y no quiero ver a nadie más! ¡No me importa quién venga a verla! ¡Y a ti tampoco te importa!

Hablaba precipitando sus palabras, subiendo el tono de la voz sin miedo a ser descubierta, hasta que se echó a llorar con una amargura que me conmovió. La abracé sin saber qué decirle.

–Yo la quiero. Bene es buena –me dijo entre sollozos.

–Sí, claro que es buena –añadí yo intentando tranquilizarla.

Desde entonces no quise hablar más con Juana de aquel tenebroso asunto. Supe que estaba sola o, más bien, sola con Bene, y que yo era su única cómplice.

Pocos días después, nuestro padre se levantó de la mesa mientras cenábamos. Pretendía alejarse de nosotros, una vez más, sin dar ninguna explicación, fiel a su costumbre. A la mañana siguiente salía de viaje. No nos dijo adónde pensaba ir, y nadie se lo preguntó. Bene le escuchaba muy atenta, aunque imperturbable, como si de verdad a ella no le concerniera. En aquellos momentos yo habría asegurado que la muchacha había guardado siempre con mi padre la misma distancia. Sin embargo, Santiago parecía haber confirmado ya sus primeras sospechas.

–¿Para quién has encargado flores? –preguntó de repente.

–¿Me estás espiando? –le respondió nuestro padre con buen humor.

–No; te escuché sin querer mientras hablabas por teléfono.

–Pues son para una señora.

–¡A cualquier cosa llamas tú señora! –intervino despectivamente tía Elisa y él le respondió con una sonora carcajada. Ella guardó silencio, aunque sin dejar de figurar en la discusión con sus ademanes trágicos, sus suspiros, y, sobre todo, con aquellos movimientos de cabeza que con tanta habilidad sabía ella combinar con esbozos de sonrisas y miradas acusadoras.

–¿Qué va a pasar con Bene ahora? –preguntó Santiago con crispación.

–Nada que yo sepa. Seguirá donde está, como siempre.

–¿Y dónde ha estado hasta ahora?

–La verdad, no te entiendo.

–¡Sí me entiendes! –Santiago se había puesto de pie y su rostro había enrojecido de cólera en un instante.

–¡Cálmate, niño! No sé qué te ocurre. ¡Qué preguntas más absurdas haces! ¿Que dónde ha estado Bene? Pues últimamente trabajando en esta casa, y aquí seguirá, porque lo hace muy bien.

–¿Qué es lo que hace muy bien? –le dijo Santiago mientras le impedía el paso, pues él se había levantado y se dirigía a la puerta mirando con insolencia su reloj.

–¡No digas más sandeces, anda! ¡Déjame ahora, que mañana tengo que madrugar! A mi regreso hablaremos de lo que tú quieras.

Santiago se dejó caer entre nosotras, sentándose de nuevo a la mesa, ignorándonos. De sus labios, ligeramente contraídos por una amargura nueva en él, escapó una sonrisa taciturna, como un amago de esperanza, dedicada a Bene, quien ni siquiera le miró, mientras iba y venía recogiendo la mesa, amparada en una firme distancia que parecía haber venido a socorrerla. Había escuchado con la mayor naturalidad aquella desagradable conversación en torno a ella.

Nuestro padre se marchó al amanecer, como había anunciado. Ni siquiera se despidió de nosotros. Siempre era así, de golpe desaparecía de nuestra vida, en la que, por otra parte, tan poca importancia tenía. Pero esta vez fue diferente. Aunque ni siquiera hoy podría afirmar que aquellos cambios que sucedieron a su marcha estuvieran relacionados con su ausencia. En el interior de esta casa se declaró una tormenta incontrolable incluso para tía Elisa, quien parecía haber sometido a la realidad bajo una lógica inconmovible. Al terminar aquella cena, fue ella quien propuso rezar un rosario, cosa que estaba muy lejos de sus costumbres. Yo me preguntaba qué habría averiguado para mostrarse así, humilde e indefensa, pidiendo a un poder superior que nos protegiera. Claro que nuestros pobres rezos no lograron conjurar la catástrofe que ya habíamos presentido y que, a raíz de aquella noche, se fue mostrando poco a poco hasta encarnarse abiertamente en la persona de mi hermano. Todo empezó cuando éste regresó un día de la ciudad a media mañana. Había salido de casa, como siempre, camino del colegio. Pero esta vez se volvió sin haber entrado en él. Como única justificación de su conducta alegó que necesitaba un largo descanso.

Recuerdo, Santiago, que te vi de pronto como un cuerpo con el alma ausente. Tus ojos, hundidos en el llanto y el insomnio, ya sólo miraban hacia dentro, hacia aquella pena extraña que te consumía. ¡Qué edad más difícil tenía yo entonces! Doce años. Conoces el dolor y, sin embargo, aún no llegas a comprenderlo y, mucho menos, a remediarlo. Tus lágrimas, tu silencio, tu abandono eran para mí la condena a una soledad sin defensas. Cuando supe que tu olvido de mí era irremediable, descubrí en la lejanía un vacío feroz que se me acercaba. Era como una inmensa boca abierta dispuesta a devorarme. Ahora miro hacia aquellos años que fueron nuestros, y me parece que todo ha sido barrido por aquel mismo viento terrible que escuchábamos tú y yo, cogidos de la mano y contemplando sobrecogidos, desde la ventana de la torre, las ramas de los árboles azotadas por el vendaval. Ya no queda nada. El tiempo se diluye continuamente. Ahora ya estoy sola sobre la tierra y tu rostro amigo se me acerca desde sombras remotas. Si tú pudieras recordar... Entonces no existía el tiempo en nuestra vida. O, quizás, aquella eternidad de nuestra infancia sólo fuera nuestra primera ficción. ¡Cómo te he esperado! Pero tú no has podido regresar, de visita, como otros lo hicieron, cruzando la linde que me separa de tu mundo imposible. No sé qué extraño poder ejerce sobre mí lo que ya ha dejado de existir. Especialmente sobre mí, hundida ya para siempre en una existencia desvaída, donde lo real desaparece de tanto estar ahí, mostrándose y repitiéndose con avidez. Todavía me pregunto qué pudo ser lo que te sucedió y no hallo respuesta. Pues no puedo creer que fuera sólo el amor lo que te derrotó de aquella manera. Claro que tu amor por Bene era como una posesión sobrehumana y parecía venir de la misma muerte. ¿Recuerdas? Ella se reía cuando yo le hacía aquellas preguntas que tú considerabas tan extrañas. Se negaba a responderme. Pero sus máscaras empezaron a terminarse. Un día le faltó la risa y la palabra. Ella nunca habitó de verdad entre nosotros. Simulaba su alegría y su ternura. Pero un dolor mortal subía por su cuerpo como una gangrena que la iba debilitando, hasta que un vacío espantoso se incrustó en su alma y en su rostro ya para siempre. Y entonces, sólo entonces, se apiadó de ti, para tu desgracia y la mía.

–¡El diablo ronda esta casa! –dijo doña Rosaura y, aproximándome a ella, me preguntó mientras atenazaba mis brazos entre sus manos–: ¿Has visto a algún extraño en los últimos días?

–No –respondí yo, fingiendo indiferencia.

–Pues de ahora en adelante no te asomes a la cancela, ni hables con desconocidos. El diablo ronda esta casa, ya lo sabes. Puede tomar cualquier forma para engañarnos: un perro manso, un mendigo desgraciado, una niña indefensa, un sacerdote, un hombre justo, una mujer honesta... Él puede aparecerse como lo crea conveniente, según la situación. Así que, hasta que yo te avise, tú no escuches ni mires a nadie, ya sea persona o animal. Y si encuentras en tu habitación algún objeto que no reconozcas, me lo traes inmediatamente. Pues también las cosas sin vida pueden estar bajo sus órdenes.

Yo no necesitaba escuchar aquellas palabras para percibir que una atmósfera enrarecida brotaba a mi alrededor.

Allí donde mirase descubría señales de su existencia. Él habitaba ya de alguna manera entre nosotros. Porque yo sabía que era a él, al gitano, al que ellas identificaban como al demonio. Y a mí no me extrañaba, pues era lo más parecido al diablo que yo había podido ver en mi vida. A defendernos contra él parecía haber venido doña Rosaura, quien ahora vivía con nosotros. Y no es que ella se considerara con poder suficiente como para enfrentarse a las fuerzas perversas que palpitaban por nuestra casa. No era ése el motivo que la trajo, sino el miedo de tía Elisa, quien no tenía adónde acudir ante la nueva actitud de Bene. Pues la muchacha, después de la marcha de nuestro padre, dejó de lado sus sonrisas y sus canciones. Ahora se movía por la casa sin rumbo fijo, perezosamente, provocando a tía Elisa con su sola presencia. Ya no hacía nada. Se negaba a cumplir cualquier mandato. Estaba allí, simplemente, y no se iba porque no quería. Claro que nuestra tía todavía no se había atrevido a expulsarla. Yo entonces no comprendía el motivo de su paciencia. Después supe que sólo el miedo la impulsaba a esperar y a empequeñecerse ante la presencia de la muchacha, quien en su desmesura, en el descaro con que hacía uso de su libertad, se asemejaba a una reina, incapaz de soportar orden alguna. Su mirada, lenta y densa, poseía la virtud de confundir a quien se le enfrentara. Tanto su quietud como sus movimientos emanaban una profunda gravedad. Revoloteaba entre nosotros pesada y poderosa como un águila. Sólo hablaba con Santiago; se les veía juntos a cada instante. Él se negaba a volver al colegio. Tía Elisa no quiso dar importancia a sus faltas. Pensaba que al finalizar las vacaciones de Navidad, ya cercanas, él mismo volvería por su propia voluntad.

Recuerdo que en aquellos días yo pasaba largas horas caminando tras ellos por la huerta o por el jardín. Les seguía desde lejos fascinada y atemorizada al mismo tiempo. Mantenía cuidadosamente la necesaria distancia para que no me descubrieran. A veces la vi a ella entrar sola en el dormitorio de nuestro padre, coger uno de sus cigarrillos y encenderlo. Fumaba cada vez más y nadie en la casa se atrevía a decirle que aquello era impropio de una mujer y más aún de una criada, como sin duda estaban pensando. Por las noches daba largos paseos por el jardín. Yo observaba con atención las sombras que la rodeaban. Nada se movía junto a ella. Nadie la miraba desde la cancela. Y sin embargo, cuando ella desaparecía, en la soledad de mi dormitorio y desde aquel perfecto silencio, me sentía empujada hasta el borde mismo de un siniestro territorio. Era el lugar que habitaba el gitano. Los signos que me anunciaban su llegada se multiplicaban a mi alrededor haciéndome guiños desde todos los rincones. A veces era un ligero vaho sobre el cristal de mi ventana, otras un crujido de madera, un aliento helado sobre mi nuca o el roce apagado de un solo paso. Sus señales eran inaprehensibles. Sólo mi pánico era preciso, incuestionable. Y, no obstante, me atraía la idea de que aquel monstruo viniera a buscarme a mí y no a Bene. No quería saberme excluida del todo de aquel mundo en el que Santiago estaba en trance de ingresar. Pues él se aproximaba peligrosamente a ellos, sin sospechar adónde le iban a conducir. Él ya no era el mismo, y yo, desde mi desconcierto, me preguntaba, ¿el mismo que quién? Y es que ya no sabía quién era él ni tampoco quién era yo. Me sentía empujada hacia una transformación inevitable.

Un día le descubrí junto a Bene en el jardín. Les vigilaba, como otras veces, desde una discreta distancia. Él ni siquiera advirtió mi presencia. Ella, en cambio, me miró clavando sus ojos en mí con desprecio, mientras rodeaba con su brazo el cuello de mi hermano igual que lo haría una serpiente. En un esfuerzo supremo, me mantuve muy quieta, sin retroceder ni acercarme a ellos. Hice frente a su mirada con la mía. Por primera vez, la descubrí como mi enemiga. Pero esta impresión sólo duró un instante, pues de pronto asomó a su rostro una mirada tan desoladoramente triste que no la pude resistir. Era evidente que ella no me odiaba a mí. Me tuve que retirar sin decir nada. Una vez más me había vencido.

Aquella misma noche escuché desde mi cama un revuelo de pasos y murmullos por el pasillo. Las puertas se abrían y cerraban con nerviosismo. De vez en cuando el nombre de Santiago, pronunciado con voz sofocada, forzadamente baja, llegaba hasta mis oídos. Mi hermano no estaba en su habitación, ni Bene en la suya. Doña Rosaura y mi tía se habían detenido al pie de la escalera que conducía a la torre. Estaban tan exaltadas que no advirtieron mi presencia junto a ellas. Tía Elisa fue la primera en ascender por los escalones. Subía indecisa pero solemne, segura de estar cumpliendo un incómodo deber. Nosotras la seguimos hasta la puerta de la torre. Ellos estaban allí y habían cerrado por dentro.

–Santiago, abre, por favor –suplicó tía Elisa a su sobrino, sin fuerzas para reprenderle o mostrarle autoridad alguna.

La puerta se abrió y el ligero resplandor de una vela iluminó a mi hermano. Se nos acercó hasta encuadrarse en el marco de la puerta, impidiéndonos deliberadamente el paso. Sentí su mirada hostil sobre todas nosotras por igual. En aquel instante yo constituía para él una sola cosa junto a las otras mujeres.

–¿Queréis pasar? –dijo él sonriendo, extraño y cínico.

–¡Dios mío, ayúdale! –rogó tía Elisa con voz temblorosa.

–Ten cuidado –aconsejó él en son de burla–: si no sabes muy bien dónde está Dios, a lo mejor te equivocas y envías tu súplica al diablo.

Yo no podía reconocerle con aquel descaro y cinismo.

–¿Está ella ahí? –preguntó colérica doña Rosaura. Pero él no le respondió y, cuando la tuvo enfrente, empujándole con violencia para que la dejara pasar, nos cerró la puerta a todas.

Entonces tía Elisa, recuperando su autoridad, gritó:

–Sé que estás ahí, Bene. Recoge tus cosas y márchate enseguida de esta casa. Si no te vas ahora, mañana vendrá la Guardia Civil por ti.

Ellos no respondieron. Las dos mujeres se retiraron tranquilas por haber tomado al fin una determinación. A mí me obligó doña Rosaura a encerrarme bien en mi cuarto, en la más cruda soledad. Claro que para aquello que yo temía una puerta cerrada no suponía ningún obstáculo, al menos eso pensé yo con una complacencia que brotaba del mismo miedo que me invadía ya por completo. Tampoco necesitaba contemplar la cancela desde mi ventana, pues tenía la clara sensación de que el rostro del gitano flotaba en el aire rodeándome y vigilándome. Me envolvía una atmósfera maligna nacida de su invisible presencia, cuyos signos yo reconocía enseguida.

Al día siguiente era domingo. Hacía frío, pero el sol brillaba desde las primeras horas de la mañana.

–Está esperando a que vuelva Enrique –decía tía Elisa refiriéndose a Bene.

–Pero ¿todavía puede usted pensar de esa manera? –le respondió doña Rosaura, dispuesta ya para asistir a la misa dominical.

–¿Entonces...? –interrogó tía Elisa.

–Lo que está esperando es otra cosa.

–¿Qué?

–No lo sé. Por muchas vueltas que le doy, no consigo

averiguarlo. Espera algo, quizás una señal del exterior o sabe Dios de dónde. Porque a esa criatura de su sobrino ya lo tiene en sus manos.

–¡No diga usted eso, por Dios! Tenemos que separarles. ¡Hay que llamar a la policía!

–No sea ingenua, doña Elisa. Las autoridades de este mundo no tienen ningún poder en una situación como ésta.

–¿Qué podemos hacer entonces?

–Ya lo verá –contestó enigmática doña Rosaura. Después, propuso que fuéramos todos juntos a misa. Iríamos andando, decía, y así nos serviría, además, para dar un saludable paseo por la carretera.

Cuando le comunicó a Bene su decisión, yo estaba delante. De pronto le tendió a la muchacha un misal. Su mano temblaba sosteniéndolo, suspendida en el aire y sin encontrar respuesta. Pues Bene la miró inexpresiva, sin darse por aludida. El libro estaba encuadernado en piel y tenía el canto dorado, pero a ella no le atraía.

–¡Tómalo! ¡Tómalo! Es tuyo. Te lo regalo.

Recuerdo que el rostro de Bene se transformó al coger el libro. Sus ojos brillaron con ferocidad y un ataque de cólera la conmovió de pies a cabeza.

–¡Qué estás pensando, bruja! –dijo ella, tuteándola con desprecio y lanzando el misal contra una de las paredes.

–¡Le quema las manos! –gritó asustada tía Elisa.

–Esta prueba es definitiva –sentenció emocionada doña Rosaura.

Bene se había dejado caer abatida en un sillón. En aquellos momentos ofrecía el aspecto de una mujer extremadamente frágil. Su mirada se perdía sin aliento en lo único que tenía enfrente, el hueco de la escalera que conducía a la torre. Las dos mujeres la rodearon entonces, moviéndose en torno a ella como si fueran movidas por un mismo resorte. La acosaban con preguntas incomprensibles para mí y creo que también para ella, quien se limitaba a soportarlas sin responder con el menor gesto ni en su rostro ni en su cuerpo.

–Dios está con nosotras –dijo doña Rosaura, concluyendo aquel interrogatorio que había dejado fuera de juego a Bene.

Las luces del día se fueron oscureciendo poco a poco, hasta desencadenarse una de aquellas tormentas que tantas veces habíamos contemplado Santiago y yo desde la torre. Y, después de un tenso silencio que duró hasta el atardecer, Bene salió de la casa. Yo estaba sola cuando la descubrí desde mi ventana. Sentí una lástima insoportable por ella. La veía ahora igual que al principio. Se había puesto el elegante vestido con que la conocí y, como único abrigo, llevaba una ligera rebeca de lana. Ni una sola vez miró hacia atrás. Caminaba lentamente, con la espalda algo encorvada y la cabeza hundida entre sus hombros, como si quisiera defenderse de la densa lluvia que caía con violencia sobre ella. Su equipaje seguía siendo sólo aquella caja de zapatos que ahora apretaba bajo su brazo derecho. De su figura se desprendía tal desamparo que deseé correr tras ella y ofrecerle la poca protección que yo pudiera darle. Pero alguien se me adelantó. Era Santiago.

–¡Espérame! –le gritó.

Cuando la alcanzó la cogió con energía de un brazo y la obligó a correr a su lado. Parecía que era él quien se la llevaba de casa. De su otra mano colgaba una maleta, señal inequívoca de que su marcha había sido deliberada.

Salí de mi habitación y, por primera vez, vi a tía Elisa derrumbarse en un llanto desesperado. También ella les había visto marcharse.

Dos semanas más tarde volvió Santiago. No sé cuántas veces había salido yo a vigilar la carretera. Le esperaba atemorizada, adivinándole a lo lejos, esposado entre dos guardias civiles. Pues tía Elisa, al no poder localizar a nuestro padre, había notificado su huida a la policía. Al descubrirle de nuevo en casa, salvado de todo peligro, le miré sorprendida y emocionada. Me pareció un soldado cualquiera que regresaba, derrotado, de una guerra que no le concernía. Subía la escalera de la torre sigiloso como una sombra. Corrí tras él, llamándole en voz muy baja para que todavía nadie le descubriera. Dejó la maleta en el suelo y me abrazó tierna y largamente. Supe entonces que ahora sólo me tenía a mí.

–Todo va a cambiar –le dije, sin saber muy bien qué era lo que tenía que transformarse en nuestras vidas. Él sonrió y su sonrisa me pareció la de un extraño. No había en ella alegría sino cansancio y resignación.

–Voy a dormir. Esta noche ni siquiera me he acostado.

–¿Hablaremos después? –le pregunté con ansiedad.

–Sí, si tú quieres.

–¿Le digo a tía Elisa que has vuelto? Está muy preocupada.

–No, no le digas nada.

–¿Por qué? ¿Es que piensas irte otra vez?

–No, ya no es posible. Anda, baja y después hablaremos un rato.

Sentí que éramos compañeros otra vez, que me hacía un lugar a su lado, como si nada hubiera pasado, ni siquiera el tiempo que nos había ido separando. Pero, de repente, como un chirrido desapacible, sonó la voz de tía Elisa.

–¡Cómo! ¡¿Ya estás aquí?! ¿Y entras así, como si no hubieras hecho nada? ¡Baja inmediatamente, que me vas a contar todo lo que ha pasado con esa fulana!

–¡Cállate! –le gritó Santiago fuera de sí.

Entró en la torre y se encerró allí, sin escuchar los insultos y amenazas que ella le dirigía. Tía Elisa se retiró dejando escapar su irritación y sus morbosos pensamientos en voz sofocada. Sabía que yo la seguía desde muy cerca y no le importó dejarme escuchar todas aquellas indecencias y barbaridades que atribuía a nuestro padre. Pues le consideraba el mayor culpable de cuanto había sucedido. Yo no pude perdonarle nunca que destruyera aquel entusiasmo que acababa de brotar en mí. Pues, tras su violenta aparición, Santiago se encerró definitivamente en la torre. No quiso abrir la puerta a nadie, ni siquiera a mí, que pasaba las horas al otro lado, sentada en el escalón más alto y suplicándole que me respondiera, aunque fuera a través de la puerta cerrada.

Después de varios días de encierro, tía Elisa cambió el tono de su voz al dirigirse a él. Ahora parecía enternecida y temerosa ante aquella desmesura. Doña Rosaura ya no vivía en casa y Catalina subía y bajaba la escalera a cada instante, suplicándole que comiera algo. Pero tantos ruegos y cariños llegaron demasiado tarde. Al fin hubo que forzar la puerta y entonces descubrimos a Santiago dormitando, hundido en una debilidad de muerte. Nada, absolutamente nada, pudo ya devolverle a la vida.

Cuando supe que mi hermano estaba tan enfermo pensé que quizás Bene pudiera hacerle desear la vida y obligarle a intentar salir de aquel estado. Sólo Juana podía ayudarme a encontrarla. Esperé durante varias mañanas a que pasara ante la cancela. Al fin la vi acercarse un día y salí a su encuentro gritando su nombre. Pero ella no sólo no respondió a mi llamada, sino que echó a correr huyendo de mí. Cuando la alcancé, la sacudí furiosa por los hombros.

–¿Qué te pasa conmigo? ¿Qué te pasa? –le grité enloquecida.

Ella se echó a llorar desesperada, negándose a hablar y apartándome con violencia si yo trataba de consolarla.

–¡Dime por lo menos dónde está Bene! ¡Santiago está muy enfermo, tiene que verla!

De pronto cambió su actitud. Dejó de llorar y, mirándome sumisa, como si ya no le quedaran fuerzas para seguir rechazándome, me dijo en voz muy baja, en un triste murmullo:

–Su padre se la ha llevado otra vez.

–¿Adónde?

–A donde él está.

–¿Y dónde está él?

–Está muerto.

Ante aquellas palabras sentí miedo. Era como si un círculo se completara y Santiago quedara atrapado para siempre en su interior.

–Entonces, ¿Bene ha muerto? –le pregunté con ansiedad.

–Sí. También ella se ha ahorcado.

–¿Por qué?

–Porque él se la ha llevado.

–¿Él? ¿Quién? ¿Su padre o su novio?

–Su padre.

–¿Era él su novio?

–Yo de eso no sé nada.

Y ya no le hice más preguntas. Bene había muerto.

Eso era lo que, en aquel momento, ocupaba mi pensamiento por completo. Lo demás ya no tenía importancia.

–Bueno, me voy –dijo Juana de pronto.

No quise retenerla por más tiempo. Parecía muy enfadada conmigo y con todo el mundo. Pensé que tenía motivos para estarlo. La dejé marchar, incapaz de pronunciar una sola palabra. Pero ella se volvió desde lejos y me gritó:

–¡Ellos se llevarán también a Santiago! ¡Yo lo sé!

Pensé que su intención no era la de hacerme daño, sino la de acercarse a mí, seguir hablando un poco más conmigo. Pero no pude responderle nada. Me sentía vacía de toda palabra. Le volví la espalda y regresé a casa caminando muy despacio, deseando que todo cuanto me había dicho fuese mentira, pues ella era tan embustera... Subí mecánicamente hasta la torre para sentarme de nuevo junto a Santiago. No creí a Juana. Estaba convencida de que mi hermano no moriría.

Cuando aún podías hablar, no quisiste abrirme la puerta, Santiago. Rechazabas mis visitas como cualquier otra. Estábamos enloqueciendo, tú desde dentro y yo desde fuera. Y, cuando al fin pude verte, ya toda palabra había desaparecido entre nosotros. Me permitían permanecer a tu lado, día y noche, a condición de que no te hablara. Decían que necesitabas un silencio total para recuperarte. Siempre recordaré cómo te fuiste. Aquella noche todo parecía haberse detenido en el exterior. Una quietud de encantamiento se había apoderado de la casa, del jardín, de la carretera, de todo cuanto yo podía mirar desde la torre. No quería fijarme en la luna llena a través de los cristales. Pensaba que eso podía traerme una suerte desgraciada. Pero su imagen me asaltó en un descuido. Estaba inmensa, fría y perfecta. Desde aquel momento una sombra cayó sobre mí. Me senté a tu lado, vigilándote. ¡Qué serenidad emanaba tu rostro! No podía apartar mi mirada de él, ni mi pensamiento de la más negra sospecha. ¡Había tanta quietud en tu cuerpo...! Parecías una figura de piedra. De pronto advertí que en el interior de la torre sólo se escuchaba mi respiración. Supe entonces que mi corazón era el único que latía en aquel lugar. Al rozar apenas tus manos, sentí un frío mortal. Tú ya te habías ido. Habías muerto en mi presencia sin que yo lo advirtiera.

Después de morir Santiago, corrí enloquecida hacia el jardín, como si una poderosa voluntad me llamara desde allí. Mi único deseo era irme con mi hermano, y sabía que él estaba ya con ellos, con Bene, con el gitano, quien ahora me esperaba a mí también. Enseguida le descubrí. Me miraba intensamente desde lejos. Yo sólo podía verle a él, como si, en aquellos momentos, fuera la única imagen de la noche. Estaba en la cancela, pero esta vez no tras ella, sino delante, y se movía de manera casi imperceptible, avanzando lentamente hacia mí. Pude ver con toda claridad los rasgos de su cara y su mirada feroz clavada en mis ojos. Era el horror mismo que se asomaba a este mundo a través de un rostro humano. Me pareció que no podría resistir la visión de aquel espanto. Y, sin embargo, al tenerle junto a mí, acerqué mi mano a su hombro. No sé si llegué a tocarle o no. Fue un instante de tal intensidad que no logré retenerlo en mi memoria. Pero sí sé que me entregué voluntariamente a aquella manera de muerte. A mi alrededor todo se fundió en una negrura perfecta, y le sentí a él envolviéndome con dulzura, abarcando todo el espacio que me rodeaba.

Capileira, enero-febrero 1981
y Madrid, marzo 1984

ÍNDICE